Waar Rome eindigt

Paola Soriga

Waar Rome eindigt

Vertaald uit het Italiaans
door Manon Smits

Anthos|Amsterdam

De vertaler ontving voor deze vertaling een werkbeurs
van het Nederlands Letterenfonds

Deze vertaling is mede mogelijk gemaakt dankzij een subsidie
van het Italiaanse ministerie van Buitenlandse Zaken

Verspreiding voor België:
Veen Bosch & Keuning uitgevers n.v., Antwerpen

voor de vrouwen van mijn familie

Zij die wisten
waarom het hier ging,
moeten wijken voor hen
die weinig weten.
En minder dan weinig.
En ten slotte zo goed als niets.

Wisława Szymborska

Heel alleen zal ik hem liefhebben.
Liefde is een eenzame bezigheid.
Liefde die wederzijds is drukt op ons zielen en vermorzelt ze.

Antonella Anedda

1

Al twee dagen komt er niemand. Al twee dagen alleen maar het ge- luid van de ratten en haar adem, die soms harder gaat door de angst en tanden bijten en opletten, en sijpelend water, ergens. De lamp geeft niet veel licht maar des te beter, ze is toch bang om rond te kijken, met dat zwakke licht en die schaduwen. Ze is bang vanaf het begin, vanaf toen ze door een gat in de grond naar binnen kroop en de gangen van puzzolaan begonnen, diep en koud, en in één keer de geluiden verdwenen, van buiten. Ze was ook bang toen ze, een paar uur nadat ze in de grot was gekropen, het geluid van voetstappen hoorde, en die kwamen dichterbij en ze had het idee dat ze ze in haar buik voelde, maar toen waren het de voet- stappen van Rita, die er maar niet over uit kon dat ze haar eindelijk had gevonden, en ze had gevraagd wat er was gebeurd en had ver- teld wat zij en de anderen intussen deden buiten, in die straten bo- ven haar hoofd. En toen weer alleen, in de grot, in een groeve, on- der het grasveld.

De grotten van Rome, overal de grotten, de groeves, die ellen- lange labyrinten vormden, als een tweede stad, maar dan onder de grond en in het donker. De grotten waren de afgelopen jaren een oord vol geheimen en wonderen geweest om lachend doorheen te rennen met de andere kinderen van de wijk. Champignons die ge- kweekt werden en karretjes getrokken door paarden, het paste er allemaal doorheen, zo groot waren ze. En verhalen over kinderen die erin waren gekropen om te spelen en de weg terug niet meer hadden gevonden, en die nu nog steeds ronddwaalden door die lange, donkere gangen. Later toen de oorlog kwam waren het schuilkelders geweest, soms vervloekte, zoals die bij Tor de' Schiavi, waar iedereen in één klap was omgekomen, vermorzeld door die bom. Verstopplekken, voor de mannen en jongens die moeten onderduiken, sinds de 8ste september. En graven waren het geweest, voor anderen, voor al die driehonderdvijfendertig mensen van de Fosse Ardeatine, en daar worden het dus de *fosse* genoemd.

Ze voelt dat de nacht al is gevallen en er is niemand gekomen, nu is ze vooral bang dat er niemand meer komt, dat Rita is gefusilleerd, zittend op een stoel midden in het veld, ze stelt zich de buitenlandse bevelen voor en de hemel erboven, stralend van lucht en licht zoals altijd. Ze stelt het zich voor en dan komen de tranen, over haar vuile wangen en haar sombere gedachten, Rita gefusilleerd of Antonio wie weet waarnaartoe gesleept, stompen in zijn gezicht en overal geschopt. En ze blijft urenlang roerloos zitten, dan denkt ze weer aan wanneer alles voorbij zal zijn, en soms valt ze dan eindelijk even in slaap, op de deken die is uitgespreid op het puzzolaan.

Antonio, waar zou die nou verstopt zitten, in welke kelder of op welke weide buiten Rome, zóu hij aan me denken en weten dat ik hier al dagen vastzit, en zij telt ze, de dagen, ze kerft streepjes in de rotswand net als een gevangene doet, ze telt de uren dankzij een straaltje licht dat binnenvalt door een gat bovenin, net als een bajesklant. Het zijn nu drie dagen, dus ook weer niet zo heel veel, maar voor haar een heleboel, met de angst die aan haar kleeft. En in al die uren denkt ze vooral aan hem, aan zijn zwarte krullen, zijn grote blauwe ogen onder die lange, volle wimpers, de moedervlek onder zijn mond. Ze droomt dat ze haar hoofd tegen zijn schouder legt, dat ze zeker is van zijn liefde, ze droomt van een kalmte die ze bijna niet kent. Dan denkt ze weer aan zichzelf, hoe ze moest rennen door de straten toen de dingen ineens allemaal verkeerd gingen, en hoe ze in de grot was gekropen. Een beetje denkt ze aan haar zus Agnese, en aan de anderen van thuis daar ver weg.

2

De dingen waren ineens allemaal verkeerd gegaan tegen tien uur 's ochtends op 30 mei 1944, een ochtend vol licht en kleine dingen die Ida gunstige tekens hadden geleken. Haar zus Agnese glimlachte zoals ze haar bijna nooit zag doen, er waren nieuwe jasmijnen tot bloei gekomen aan de tak die tot onder het raam reikte, en zij had al schommelend op de binnenplaats fijn gedroomd over meisjes en fietsen, grapjes, straten en kruispunten, geheimen.

Om halfacht stond ze voor het biechthokje, wachtend op haar beurt. Toen had don Pietro tegen haar gezegd, met gedempte stem, ook al was er toch niemand die hen hoorde, goedemorgen, Ida Maria, goedemorgen, don Pietro, had Ida gezegd, haar stem vrolijk en blij vanwege de blauwe hemel die ze boven zich had gehad, op het kerkplein, een voorbode van de zomer, die je al een beetje kon voelen, en er waren een kracht en een moed vanuit haar buik omhooggekomen, alsof de heldere lucht de moedeloosheid en de teleurstelling verdreef. Ze was blij dat hij haar Ida Maria noemde, don Pietro, want Maria was haar strijdnaam, een algemene naam om niet op te vallen, om in de groep op te gaan, zodat ze altijd moesten vragen welke Maria? En als iemand, iemand die erbij hoorde, haar Ida Maria noemde, dan was dat omdat er iets te doen was, en vanaf dat moment was ze Maria, een koerierster, de koerierster Maria, en iets doen, dat was wat ze wilde, en waarvan ze vond dat je nou eenmaal niet anders kon.

Ze moest naar de drukkerij gaan, om te werken, en dan om tien uur zou meneer Ercole, de eigenaar, haar roepen en haar een tas vol vuile was geven die ze naar de wasserette in de Via della Palombella moest brengen, en iedereen wist dat hij daar heel erg op gefixeerd was, omdat hij in die buurt had gewoond voordat hij er weg moest omdat ze de Via dei Trionfi gingen aanleggen, en een paar mensen wisten ook dat er papieren tussen die vuile was zaten, en dat Ida ook Maria was, en dat Marozzi, de zoon van Marozzi van de wasserette, de leider was van een van de verzetsgroepen die een verbinding vormden tussen de wijken in het centrum en de buitenwijken, knap en dapper, hoe so knap, hij hep so'n muisekoppie.

In de tram had ze het idee gehad, al vanaf de halte, dat ze door een man in de gaten werd gehouden, stiekem, en haar hart was gaan bonzen, een spion, had ze gedacht, iemand die me volgt, er is iets mis. Toen was die man uitgestapt op de Via Casilina, waar de eerste huizen kwamen, en was ze weer wat rustiger geworden. De hemel verzamelde de vochtigheid van de rivier en van de nabije zee, meegevoerd door de westenwind, en in de Via Emanuele Filiberto stond zoals altijd de deur open van de slagerij van Gino, waar Ivano, de vader van haar vriendin Rita, en de anderen ondergedoken zaten in de kelder, er liep een hond langs. Gino, de slager, werd in het verzet De Mol genoemd, vanwege de tunnel die hij had uitgedacht en die hij 's nachts aan het graven was, met nog twee of hooguit drie man, om vanuit zijn kelder een verbinding te maken met een gebouw aan de Via Tasso. Ze waren al maanden aan het graven, stilletjes, in het geheim, zodat ze iedereen die in de Via Tasso zat opgesloten konden bevrijden, het zou niet lang meer duren, en niemand wist ervan, en Ida vroeg het zich niet af, waar ze precies mee bezig waren.

Dat in de Via Tasso was een gewoon gebouw geweest voordat de Duitsers waren gekomen, van een adellijke familie uit het centrum, maar later was het een soort gevangenis geworden, een martelplaats, met de ramen dichtgemetseld zodat er geen licht binnenkwam, en met het onophoudelijke geluid van een piano zodat het geschreeuw niet te horen was. Ze waren al maanden aan het graven, en vooral Gino geloofde erin, dat ze die mensen echt zouden kunnen bevrijden.

Gino was achttien, hij had een vader die nooit was teruggekeerd uit Rusland, en het leek of hij geen angst kende. Zijn huis, waar hij met zijn moeder woonde, stond links van dat waar Ida woonde, en Ida had hem van begin af aan onsympathiek gevonden, en toen ze die ochtend voor de slagerij langsliep had ze haar pas versneld om zich niet te laten zien en had ze teruggedacht aan een dag, in de winter nog, toen Gino tegen haar had gezegd vroeg of laat ga ik met je trouwen, vroeg of laat zul je zien dat jij mij ook wilt. Ze had hem in zijn gezicht uitgelachen, Ida, een korte lach midden in zijn gezicht, dat ze nooit had gemogen, met die puisten en dat dommige lachje.

Ze dacht er nog steeds aan terwijl ze langs het Colosseum liep en vervolgens de Via del Plebiscito in was geslagen, toen er vanaf de tegenoverliggende hoek een jongetje op haar af was komen rennen dat zonder te stoppen tegen haar had gezegd de fasiste sijn d'r wegrenne en zij had hem één moment aangekeken, dat ene, stilgezette moment van het onverwachte waarin je gauw tot actie moet overgaan en niet veel moet nadenken, en ze had gezien dat het Giovanni was, de zoon van de mensen van het café op de hoek van de Via di Santa Chiara, en Giovanni had gezegd Maria, se pakke Marozzi op, de ouwe, Mari', se soeke ook jou, Mari', renne! En Ida zei bedankt en ze had het nog niet gezegd of daar kwamen ze al aanlopen vanaf het begin van de straat, de fascisten, het waren er maar twee maar ze keken hun kant op en versnelden hun pas, en toen was Ida dus gaan rennen, echt rennen, en Giovanni de andere kant op, onder het rennen moest ze denken aan een gebed, en ze had gerend tot aan de straatjes rond het Pantheon en ze keek steeds achterom en op een gegeven moment had ze het idee gehad dat de fascist, degene die achter haar aan was blijven zitten, de verkeerde kant op ging, en toen had ze nog verder gerend en toen meende ze dat hij echt niet meer achter haar aan zat, en toen was ze rustiger gaan lopen.

Ze was langzaam verder gelopen met allerlei omwegen, door heel smalle straatjes, en ze had haar pas weer wat versneld tot ze langs de Santa Maria Maggiore liep, op de Piazza Vittorio aankwam en in de Via di Porta Maggiore op de tram was gestapt. In de tram was ze voor de deur blijven staan, en bij elke halte keek ze door het raam, klaar om uit te stappen, en ze vroeg zich af wat ze moest doen, als ze naar mij op zoek zijn kunnen ze me ook thuis zoeken, wat te doen, als ze bij Marozzi uit zijn gekomen wil dat zeggen dat ze ook bij Ercole uitkomen, en ook bij mij, bij Rita, bij don Pietro, wat te doen, ik kan naar niemand toe, ik kan aan niemand iets vragen.

Ze was uitgestapt bij de laatste halte aan de Via Casilina, voordat de tram de wijk Centocelle in draaide, en ze was weer snel gaan lopen en was het grote grasveld overgestoken naar een van de ingangen van de grotten, ze was erin gekropen en had tussen de vochtige wanden een soort kamertje gevonden waar zij en Rita altijd gingen spelen in het jaar dat Ida in Rome was aangekomen, ook al waren ze eigenlijk al te oud om te spelen, maar ze hadden behoefte aan een schuilplaats, en die grot was voor hen een paleisje, donker en prachtig. Nu, voor haar, de enige plek waar ze zich kon verstoppen.

3

Het was twee uur geweest toen don Pietro, aangezien Ida nog steeds niet terug was, naar het huis van Rita was gegaan, hij trof haar aan terwijl ze de afwas deed, haar moeder Renata zat te naaien, ze waren zich rot geschrokken toen hij had gezegd Ida is vanmorgen weggegaan, ze ging naar Marozzi, ze is niet teruggekomen. Rita voelde haar bloed stollen en had gevraagd of hij al bij Agnese was wezen vragen en de pastoor had gezegd nee, ze zou nooit naar huis gaan zonder bij de kerk langs te komen, of op z'n minst bij Ercole, in de drukkerij, maar die heeft haar ook niet gezien. Toen had Rita gezegd ik ga haar zoeken en haar moeder bezorgd maar waar dan? Wacht dan in elk geval op je broer Fausto. Maar Rita rende de deur uit en ze rende door de Via dei Castani, en ze had niet eens haar schoenen aangedaan, en onder het rennen dacht ze na en instinctief brachten haar benen haar naar het grasveld naar de ingang van de grot waar zij en Ida zich verschuilden toen ze klein waren, in dat kamertje tussen de vochtige wanden dat hun paleisje was geworden.

Don Pietro en Renata besloten intussen dat ze tegen Agnese het beste konden zeggen dat haar zusje Ida een zieke vrouw was gaan helpen, dat de zoon van die vrouw was gestorven aan het front, dat ze plotseling hard achteruitging en dat er een jongetje naar don Pietro was gestuurd, en dat don Pietro toen Giacomino naar de

drukkerij had gestuurd om Ida te halen, wees gerust, Agnese, Giacomino heeft haar gebracht, het is goed volk, het was echt drin-
gend, er was geen tijd meer om eerst naar huis te gaan, het is niet zo
ver weg, bij boeren achter de wijk Quarticciolo, u zult zien dat ze
snel terugkomt, Agnese, zo gauw er een andere vrouw is gevonden om de patiënt bij te staan. Agnese had een brok in haar keel gekregen, bij de gedachte aan Ida ver weg en alleen, en nog maar een
kind, in deze nare, zwarte tijden, maar toen had ze meteen gedacht
nu krijgt ze wel genoeg te eten, daar op het platteland, in elk geval
groenten en wat eieren. Ze dacht terug aan toen ze nog echt klein
waren, en de akkers en de moestuin hun leven waren, de tijd en bijna het enige wat hun gezin kende, Benvenuto Anedda, Carmela
Pibiri met hun vijf dochters, maar ook hun grootouders en hun neven en nichten. Toen had ze gedacht dat het misschien niet waar
was, dat verhaal van die zieke mevrouw die verzorgd moest worden, zo plotseling dat Ida niet eens meer thuis langs was gekomen.
Ze had moeten denken aan Betto, ondergedoken bij de buurvrouw, die haar had verteld over dat meisje dat bij een drukkerij
werkte, en dat *L'Unità* rondbracht, zei hij, ze heette Maria, en zij
had het niet willen geloven, dat dat haar zusje Ida zou kunnen zijn,
maar wat een verdenkingen, de laatste tijd, jezusmina, ze was altijd al onbesuisd geweest en ze had zoveel kuren, en ze was nog
maar een kind. Wat een angst, als ze daaraan dacht. Goed dan, zoals u zegt, don Pietro, als die vrouw hulp nodig heeft, dat God hen
moge beschermen, allebei.

Agnese had de deur dichtgedaan en was weer achter de naaimachine gaan zitten, met een diepe zucht voor zichzelf, voor deze
zwarte, angstaanjagende dagen. Ze naaide het jasje van Marcello
Saracino, die van de banketbakkerij, want die vierden zondag hun
trouwdag, in deze tijd kunnen die lui zich nog permitteren om op

gebakjes en koffie te trakteren, en de jurk voor zijn vrouw, die ze gelukkig al af had. Ze had niet leren naaien van haar moeder, die met naald en draad en vingerhoed alleen de noodzakelijke dingen deed en dan nog slordig ook, maar van haar oma, oma Peppina, die bij hen in huis woonde sinds grootvader was gestorven, en dus altijd al, voor Agnese en haar zussen. Ze herinnert zich vooral de lange, droge zomermiddagen, wanneer het te heet was voor de moestuin en de keuken aan kant was, en de groten en de kleintjes sliepen, hoe oud zal ze zijn geweest, een jaar of acht, negen, en zij kon de slaap niet vatten, de naald die op en neer ging en de stem van oma die zong, zachtjes improviseerde ze de coupletten, en Agnese zong de refreinen mee en af en toe probeerde zij het ook, om liedjes te improviseren. De honden sliepen ook maar de krekels niet, en Agnese groeide op en haar handen waren snel en zeker, net als de coupletten die ze zong bij de rivier tijdens de was of in de ruimte met de oven terwijl het brood werd gebakken.

Toen ze Francesco had leren kennen was oma Peppina al minder aan het naaien en meer aan het zingen, en maakte Agnese de jurken voor zichzelf en voor haar zussen van begin tot eind, zonder te weten of ze er wel blij mee zouden zijn, Ida bijvoorbeeld vond ze nooit mooi, ze vond ze ouderwets, ook al zei ze dat niet tegen haar, ze had het nooit tegen haar gezegd. Toen Agnese Francesco had leren kennen, bij het vormsel van de dochter van de advocaat, had Ida haar gevraagd, diezelfde avond al, op het erf bij hun huis, had ze gevraagd Agnese, nu je gaat trouwen, maak je dan een nieuwe jurk voor ons? En Agnese had gedacht wat een brutale meid, en egoïstisch, maar toen glimlachte ze, want tenslotte was Ida nog maar een kind.

Agnese had de deur dichtgedaan en was weer achter de naaimachine gaan zitten, met een diepe zucht voor zichzelf en ook een voor haar man Francesco, die ze 's zondags bloemen ging brengen op de begraafplaats Verano, voor zijn gladde handen en zijn lieve lach, vermorzeld door de bommen in de wijk San Lorenzo, en het was nog niet eens een jaar geleden en wat was er veel veranderd in de tussentijd.

En in de trage stilte van het huis enkel het lawaai dat haar gedachten maken, en de zwaluwen buiten.

4

De ouders van Ida en Agnese, op Sardinië, hadden toen de oorlog
was uitgebroken het idee gehad dat het maar goed was dat die
twee dochters in Rome zaten, in Rome, zeiden ze, daar gaan ze echt
geen bommen gooien, in Rome waar ze de paus hebben en het
Colosseum.

Toen de oorlog was uitgebroken, Ida zat nog geen jaar in Rome,
had ze een groot verdriet gekregen om papa en mama want zal ik
ze nu ooit nog wel terugzien, zullen de boten nog wel varen, en de
brieven, zullen die nu nog wel aankomen? Ze was ineens bang geworden dat ze zouden doodgaan zonder dat ze haar nog eens in
hun armen hadden gesloten, met die bitterheid van de zomer voor
haar vertrek, die één groot misverstand was geweest. En dat was
alweer zes jaar geleden.

Het was 24 mei 1938, Ida was bijna twaalf en had sluik zwart
haar en een huid als van een olijf, en ze had al haar dagen in het
dorp doorgebracht, in het kleine huis met twee verdiepingen,
met een stukje grond erachter, kippen en fruitbomen, de stal van
de ezel achterin, om daar te komen moest ze door de keuken en
over de lange, smalle veranda heen. Voor het huis het erf, waar
's avonds de stoelen werden neergezet en daaromheen die van de
buren, die trouwens familie waren, en zij speelde met de bloemen
van de leeuwenbekjes, die net fleurige monsters leken.

Ze vond het fijn als de avond viel en het nog licht was en fris genoeg om op het erf erwten te doppen. Zonder te kijken de erwten uit de kist pakken, de peul langwerpig en zacht, en de rondheid van een erwtje dat bij de andere rolde, o zo groen, en daarnaast het wit van de bloeiende jasmijn, de sterke geur die bedwelmt en de adem doet stokken. Ze vond het fijn om te luisteren naar het gebabbel van haar zussen, die naast haar zaten, Eleonora, Benedetta, Ines en Agnese, de oudste, die van het vasteland naar huis was gekomen met haar man, in die laatste dagen die Peppina nog restten, oma Peppina die had gezegd *chi torrìdi, po' prexéi*, laat haar thuiskomen, ik wil jullie allemaal hier hebben in deze dagen. Om te luisteren naar Benedetta en Ines, hun iele, speelse stemmetjes, terwijl ze mama hielpen de tafel te dekken.

Vooral mei vond ze fijn, want dat was het begin van de zomer, maar dan met een zon die nog geen pijn doet, die je nog niet heel erg laat zweten, in je ouwe blouse voor de moestuin, met de mouwen en de kraag dichtgeknoopt zodat je huid niet kleurt tijdens het erwten en tomaten plukken. Agnese, die met haar man uit Rome naar huis was gekomen, vertelde over de dingen van die stad, en Ida zag de geschiedenis voor zich, en maakte zich een voorstelling van de verhalen, *ih 'ta bellu la' no mi du creu Agnese sorri mia*, o, wat geweldig, ik kan het haast niet geloven Agnese zus van me, en Agnese dikte het natuurlijk wel een beetje aan, met lachjes en kreten en wapperende handen, als vijgenblaadjes in de wind, en Ida was er verrukt van. Maar ze was vooral verrukt van Rome, en de zee die je moest oversteken, wat zou ik dat graag willen Agnese zus van me, die zee zien en hem kunnen opsnuiven.

Agnese, de oudste, het jaar ervoor getrouwd met een jongen uit de stad, hij was lang en had een lieve lach, ze was in één keer verliefd op hem geworden, toen zijn blik op haar was beland had ze gedacht wat overkomt me, en ze had de taart en de rosolio laten staan, die waren aangeboden door de gastvrouw van die salon waar ze elkaar gevonden hadden en die nu al voorgoed in hun herinnering geprent was. Francesco heette hij, de jongen uit de stad, en toen hij was gekomen om de hand te vragen van Agnese, de grote zus, had iedereen dat beschouwd als een goede zaak, zo'n serieuze, donkere, sterke jongen, hij had zelfs gestudeerd. Agnese had vóór die tijd nog nooit een vriend gehad, nooit verkering gehad met jongens uit het dorp, geen blikken uitgewisseld in de kerk of tussen de heggen in de moestuin met de zoons van de buren, en deze nieuwe emotie die ze voelde vervulde haar van blijdschap en angst. En kort daarna had Francesco een baan gekregen bij het ministerie, en moest hij naar Rome om daar te gaan werken, en Agnese met hem mee, kort na hun bruiloft, dagen en nachten onderweg, ver weg van het dorp, van huis. En het was een drama geweest, en Agnese had er meteen spijt van gehad, dat ze de bruid was van een jongen met gladde handen uit de stad, en vervolgens had ze er spijt van dat ze er spijt van had gehad, want dat was een zonde jegens God en jegens haar man. Al een jaar was ze ver weg, een lang jaar vol snikken, ze kon zich er maar niet bij neerleggen. En het gezicht van Francesco veranderde elke dag een beetje meer, tegenover die bruid die hem geen kinderen schonk, die geen moeder werd zoals de natuur voorschreef, en God, en onze Duce, Agnese, onze Duce.

De zee Agnese *sorri mia*, vertel me over de zee, en over de geur van de straten in de stad, zijn de gezichten die je bent tegengekomen net zoals hier bij ons? Honderden vragen wilde Ida stellen, maar ze stelde ze niet, ze bleef stil zitten luisteren en kijken naar de vijgcactussen, en wie weet daarna dromen. Een jaar was er voorbijgegaan, sinds de bruiloft, en Agnese nog steeds zonder baby in haar buik, misschien vanwege je verdriet, schreef haar moeder in haar brieven, kom tot rust mijn dochter, draag je kruis, en bid tot de Madonna. Nu zonder Agnese waren ze met z'n achten in huis, al zou dat nog maar een paar dagen duren want oma Peppina kon hen elk moment verlaten, en dan zouden het nog steeds veel kindermonden zijn voor de vader en moeder. Eleonora was de oogappel van die vader, precies als hij in haar manier van doen en de mooiste van allemaal, hij zou haar niet verder van huis laten gaan dan de weg van de beek, waar ze misschien ooit zou trouwen. Benedetta en Ines, zo klein nog. Maar misschien konden ze Ida wel sturen, om een handje te gaan helpen bij haar grote zus, zo heel alleen op het vasteland met haar man, dan heeft Agnese tenminste gezelschap, misschien kwamen er kinderen, en tot die tijd een mond extra te voeden, voor hen met z'n tweeën, dat is toch geen probleem, ze is weliswaar nog maar een kind, hoezo een kind, toen ik zo oud was als zij, ze zou ook weer naar school kunnen gaan, zei tante Aurora tegen haar moeder op een ochtend in de keuken, als God het wil, antwoordde die, maar of ze het alsjeblieft tegen niemand wilde vertellen, want het kind weet het nog niet. En de tante hield er een gevoel van medelijden aan over, voor dat meisje dat naar het vasteland werd gestuurd, op haar twaalfde de zee oversteken, en wij zullen haar niet zien opgroeien.

Agnese zou weer vertrekken, aan het eind van de zomer, na de laatste tomaten en de inmaak, met een zwarte zakdoek om haar hoofd vanwege de rouw, na het feest van de Madonna, met Francesco en met Ida, maar die wist het nog niet. Ze wist het niet en ze fantaseerde over de zee die ze nog nooit had gezien, 's avonds op het erf, terwijl ze erwtjes zat te doppen, twee maanden voor haar verjaardag, op 24 mei 1938.

5

De angst, sinds het begin van de oorlog, de fysieke angst, om zichzelf, om haar lichaam, dat waren de bommen, dat was om te exploderen, net als Francesco, ocharm, dat was om in een gat te worden verpletterd, net als die mensen in de schuilkelder. Het was een angst die je samen met de anderen voelde, vooral samen met de andere vrouwen, ze knepen in elkaars handen, omhelsden elkaar en zeiden hou moed. Nu, in de grot, is deze angst helemaal van haar alleen, ze beeft bij elk geluidje, ze krijgt de uren niet om. Mari', se soeke ook jou, Mari', renne! Ze is bang om dood te gaan, met haar achttien jaar. Ze is bang, nu, voor de schreeuw van haar lichaam, dat pijn voelt en geen beschutting vindt.

Ze is bang dat er niemand meer terugkomt, dat Rita is gefusilleerd, Antonio wie weet waarnaartoe gesleept, stompen in zijn gezicht en overal geschopt.

Ze had ze mensen in het gezicht zien schieten, ze had ze mannen zien afvoeren met vrachtwagens, en de joden, in het getto, vrouwen en kinderen, die hadden ze gearresteerd en gefusilleerd, ze had gezien hoe ze Micol afvoerden, vriendin van me. En dan had je nog die driehonderdvijfendertig mensen in de fosse, en van een heleboel weten ze nog niet eens hoe ze heetten. Toen die waren gevonden was ze met Agnese gegaan, net als heel veel mensen, een hele stoet, uit alle wijken kwamen de vrouwen, de vaders, de zoons, sinds bekend was geworden dat er aan de Via Ardeatina grotten waren die vol lijken lagen, de doden boven op elkaar, honderden, en dat ze een bom hadden laten ontploffen om de ingang af te sluiten, en dat ze er vuilnis op hadden gegooid om de geur te maskeren, maar ze waren evengoed gevonden, eerst door de broeders, en door spelende kinderen, die hadden ze gevonden en waren het gaan vertellen, en nu iedereen het wist was iedereen op zoek naar zijn eigen doden. Ze dachten dat er alleen al uit Centocelle minstens twintig daarbinnen waren terechtgekomen. Agnese zei wat gaan wij daar doen, wij missen niemand, het is alleen maar ellende, wat moeten wij daar, wat wil je daar zien. We moeten gaan, zei Ida, we moeten het zien, ik weet niet waarom, we moeten gaan. En toen stonden ze daar, vanuit de verte zag je de kraaien, je hoorde de kraaien, het gekrijs van de kraaien, en de aarde was vochtig en zacht en er groeiden tuberozen, tuberozen die de aarde bedekten en hun doordringende geur, en Ida had het niet kunnen opbrengen om door te lopen, ze had moeten overgeven. En Agnese had haar bij de schouders vastgepakt, en ze waren terug naar huis gegaan, zwijgend, elkaars hand vastklemmend.

In de grot zingt ze zachtjes om in elk geval haar eigen stem te horen, om niet opnieuw in slaap te vallen, om een beetje moed te vatten. In de roerloze uren nestelen zich de herinneringen, de gezichten van degenen om wie ze geeft. Haar moeder moest eens weten, mama kon ik jou maar omhelzen, moeder die nu vast in de schaduw een rozenkrans zit te bidden voor mij en je andere dochters. Niemand zou ooit moeten vertrekken met ruzie in het hart. Maar bij mij, de dingen die jullie tegen me zeiden, hoe jullie tegen me deden, die knoop in mijn buik is nog steeds niet weg. Net als op haar verjaardag die laatste zomer, toen voelde Ida zo'n pijnlijke woede jegens haar moeder, pijnlijk en stil, maar tegelijkertijd miste ze haar toen al en wist ze hoezeer ze haar nog zou gaan missen.

Het is 24 juli 1938, de avond van haar verjaardag, en Ida kijkt hoe haar moeder nog wat munt aan de pastasaus toevoegt en ervan proeft, ze ruikt de geur die de geur van de zomer is en haar moeder is zo mooi. Er hangt een stilte tussen hen van dezelfde dikte als de saus, Ida raakt het puntje van haar neus aan en houdt de tranen tegen, een stromende kraan, zei Benedetta tegen haar, draai de kraan dicht. Ze denkt aan haar vertrek en verdringt de heimwee naar haar moeder en naar thuis. Nu is toch al alles veranderd. Nu is toch al alles kapotgemaakt. Vorig jaar om deze tijd maakte je een ricotta-taart voor me en lachte je. Vorig jaar was alles anders. Nu bekijk je me met argwaan. Nu praat je alleen om te zeggen pas op. Als je groot bent veranderen de dingen. Vorig jaar zomer holde ik op blote voeten met een hele groep kinderen, meisjes en jongens, na het werk speelden we urenlang.

Nu had ze het gevoel dat alles anders was. In een jaar tijd had ze heel veel nieuwe dingen leren kennen, en andere kende ze juist niet meer, de spelletjes, korte rokken en kniekousen, en naar school ging ze ook niet meer. Gevoelens die ze nooit eerder had ervaren in haar liezen en in haar hart, de verwijdering van haar zussen, van haar ouders, van God. Misschien was er vóór die tijd ook al wel iets opgekomen, samen met het bloed en de haartjes op haar benen, maar nu was die grens veel scherper, en bracht hij meer verdriet met zich mee.

Het had veel te maken met de meester, want ze ging niet meer naar school omdat ze thuis met te veel waren en er gewerkt moest worden, en hij steeds maar zeggen dat het zo zonde was, meneer Anedda, het is echt heel erg zonde dat deze dochter van u niet verder leert.

Het jaar ervoor, in de eerste klas van de middenschool, het was in de trage, treurige maanden aan het begin van het jaar, de school net begonnen, het was in de treurige, trage maanden van de herfst, maar als hij voor de klas stond leek de zomer weer een beetje terug te komen. De zomer was altijd een feest geweest, iets wat leven schenkt en wat je redt, als een brug die is geslagen tussen de twee delen van het jaar.

Op school was ze oplettend en snel, ze hield ervan om al die dingen te leren en ook Italiaans, maar dat jaar was hij het fijnst van alles geweest, en op school voelde ze zich goed, en sterk, en buiten school prikkelbaar en stug. Het kwam door de meester dat ze zich goed voelde, en sterk, en op die momenten voelde ze zichzelf warempel mooi. Ze had het gevoel dat ze door zijn lessen elke dag een beetje volwassener werd, en beter voorbereid op het leven, op het leven dat zij zich voorstelde. Hij was begonnen haar boeken te lenen, wil je dit lezen? En voor haar was het altijd ja, ze las het altijd en dan gaf ze het terug en dan praatten ze een paar minuutjes en voor haar was dat iets volslagen ongekends, er bestaat op de hele wereld niemand zoals hij. De laatste schooldagen van dat jaar, wat voor haar ook echt de allerlaatste schooldagen waren, betekenden voor iedereen een bevrijding, maar voor Ida de grauwste en verdrietigste die ze ooit had meegemaakt.

In oktober, haar eerste oktober zonder school, op een avond dat het regende, het was vlak voor het eten, wordt er aan de deur geklopt en haar vader zegt kom binnen, en zij schrikt op als ze de begroeting hoort en het zweet breekt haar uit terwijl ze zijn stem herkent. Goedenavond, juffrouw Ida, goedenavond, kom gauw binnen, meester, u wordt nog nat, kom dicht bij het vuur, wilt u een glaasje wijn? De meester bood aan om eens in de week te komen studeren met Ida, dan hoefde ze, als zij het ermee eens waren, niet helemaal met school te stoppen, want werkelijk waar, meneer

Anedda, uw dochter is intelligent en ze heeft aanleg, als ik dat mag zeggen. En zij waren altijd blij geweest en ook trots op die dochter die het zo goed deed op school, de enige tot nu toe, en ook zij vonden het jammer om haar ervan af te halen, maar voor u is dat toch veel te veel moeite, meester, en wij kunnen u niet betalen. Voor mij is het geen moeite, het is juist een genoegen, had hij geantwoord met zijn blik op het hout dat in vlammen veranderde in de haard.

Zo kwam Ida voortaan eens in de week wat eerder terug van de moestuin en sloeg ze haar schriften en boeken open in het gezelschap van hem en dat van haar moeder, die altijd wel iets te doen vond in de woonkamer, of van haar kleine zusjes, die daar dan moesten gaan spelen. Een manier om de meester te betalen wisten ze uiteindelijk altijd wel te vinden, een kistje sinaasappelen en mandarijnen, artisjokken en een kip. En zij leefde alleen nog maar popelend naar die avonden toe. De lessen gingen door tot aan de kerst, maar daarna, een smoesje, waren ze gestaakt. Haar moeder had niet veel blikken nodig gehad om te begrijpen wat er in de ogen van haar dochter schuilging, en haastig had ze haar man ervan weten te overtuigen dat die uren die Ida achter haar schriften doorbracht eigenlijk nodig waren om bij oma Peppina te zitten, die inmiddels haar bed niet meer uit kwam. Haar vader had gezegd het is afgelopen, meester, we betreuren het, maar we kunnen het niet meer opbrengen. Maar Ida wist dat het haar lachende gezicht was geweest dat ze werkelijk betreurden, en haar wat dromerige houding wanneer hij bij hen was en ook alle dagen daarna.

Toen de lessen gestopt waren had Ida zich op de een of andere manier leeg gevoeld, en steeds verder verwijderd van papa en mama, die in haar plaats beslissingen namen over haar leven, alsof ik zelf niemand ben. Af en toe was de meester nog teruggekomen, om haar boeken en aantekeningen te brengen, maar haar moeder regelde het altijd zo dat Ida er niet bij kon blijven, ze liet hem in de woonkamer plaatsnemen met papa, bij de haard, en zij ging naar binnen om koffie en grappa te brengen terwijl Ida vanuit de keuken op allerlei manieren probeerde mee te luisteren. Zijn woorden ving ze nauwelijks op, maar zijn stem, zijn stem ving ze op en dat was even genoeg om haar te vullen met een soort vreugde, die ook iets pijnlijks was. 's Nachts fantaseerde ze over manieren om ervandoor te gaan, om verder te kunnen leren en zelf over haar leven te kunnen beslissen, maar niet zoals haar zus Agnese het gedaan had, zonder te trouwen, er moet een manier zijn om er in mijn eentje vandoor te gaan.

Toen kwam die ene dag in juni, het geschreeuw, de klappen en de schaamte.

Maar hoe kan het dan, nu ze op het punt staat te vertrekken, dat deze geur van saus en munt de dingen voor haar verzacht? Ze heeft zin om haar moeder te omhelzen, haar mama Carmela met dat vermoeide gezicht, want straks zal ze ver weg zijn en ze weet niet voor hoelang. Vóór haar ligt een zomer die ze ziet als een brug naar de overkant van de zee. Vóór haar ligt de reis die alles zal veranderen, de verhalen die ze een voor een fantaseerde terwijl ze gebukt stond over de tomatenplantjes, of in bed voordat de slaap komt, in deze nachten waarin de slaap eerst helemaal niet komt en vervolgens droomt ze dat haar tanden uitvallen. De heldere gedachte aan Rome lijkt haar een redding, op die avond van 24 juli 1938, de gedachte aan Rome, waar ongetwijfeld alles anders zal zijn.

6

In Rome is alles meteen heel anders, al vanaf de auto die hen naar
huis brengt, in de wijk met de lage huizen en de tuintjes en vieze
braakliggende landjes, het grote grasveld, vlak voordat ze er waren, en de sterke geur van de wilde venkel.

Deze grote weg heet de Via dei Castani, kijk, Ida, aan de ene kant
de kerk en aan de andere kant het plein, nu gaan we naar ons huis,
in de Via dei Pioppi, we brengen de spullen naar binnen en dan
gaan we een wandeling maken. Het huis lijkt haar nogal klein,
maar het heeft een tuintje aan de voorkant, waarin Agnese rozen
en klokjesbloemen heeft geplant, een mispelboom en een vijg, aan
de achterkant een lapje grond dat op een moestuin begint te lijken,
en alles ademt het gevoel van een nieuw begin en ze heeft een eigen
slaapkamer, voor het eerst heeft Ida een kamer helemaal voor zichzelf, en als er een baby komt, als God me een baby schenkt, Ida, dan
zien we wel weer, maar nu is deze voor jou. In haar koffer zitten
twee jurken, een blauwe en een bruine, twee onderjurken, onder-
broeken en sokken, een sjaal met bloemen en haar jas voor de winter, die heeft ze van tante Aurora gekregen voordat ze vertrok,
want het is koud op het vasteland, en ze had er nog nooit een gehad. Ze bergt alles netjes op in een donkere kast met kleine laatjes.
In haar kamer staat ook een tafeltje en daar legt ze haar schrift op
dat ze heeft meegenomen, en het boek dat ze als prijs van de mees-

ter heeft gekregen bij een voorleeswedstrijd op school, en even denkt ze aan zijn gezicht, even glimlacht ze en is ze ontroerd.

Ze hoort Agnese en Francesco praten in de keuken en het gerammel van vaatwerk, en ze voelt een emotie vanbinnen en ook een kracht, terwijl de schaduwen van buiten zich verlengen en de kleuren veranderen. Het raam is smal en zit hoog en Ida kijkt ernaar terwijl ze op haar bed ligt, en het doet haar denken aan dat van het schip waarop ze een hele dag heeft gevaren, met de zee onder 32 haar zonder golven, als er golven waren geweest, had Francesco gezegd, dan had je echt niet zo lang uitgeslapen, jongedame.

Toen ze waren vertrokken, waren Agnese en Ida met de trein naar Cagliari gereisd, papa was meegegaan, en ze hadden met Francesco afgesproken in de haven, en het donker van die zee was het enige waar Ida naar kon kijken, en ze begon onwillekeurig te lachen en tegen zichzelf te praten, te zeggen *mi'*, kijk, Ida, daar is de zee dan. Toen ze aan boord van het schip waren gegaan had haar vader haar een kus gegeven, en dat was de eerste keer, want het hoort niet om je kinderen te kussen, behalve als ze gaan vertrekken. En toen had ze het idee gekregen dat hij huilde, ze wist het niet zeker maar ze had het idee dat hij huilde en bij haar waren ineens heel harde snikken opgekomen, en dikke tranen, en haar opgetogen gevoel over de reis werd vermengd met weemoed, vanaf het dek bleef ze maar naar het gezicht van haar vader staren, hij heeft nog maar weinig rimpels en zijn haar is nog helemaal zwart, en hoe zal hij eruitzien als ik weer terug kan, zij worden oud terwijl ik ver weg ben.

Op het dek had ze gewacht tot het schip wegvoer en haar vader op de kade iets heel kleins werd, net als Cagliari, dat haar prachtig en wit voorkwam, met het kasteel bovenaan en onderaan het statige warenhuis La Rinascente, Cagliari, dat stukje bij beetje verdween, de Via Roma met zijn auto's, paarden, fietsen en mensen, de kerk van Bonaria, rechts, en de groene heuvels die het strand Poetto aan het oog onttrokken. Ze wilde op het dek blijven staan zolang ze nog land kon zien, met de wind onder haar rok en de vochtige zeelucht die aan haar haren plakte. Agnese had het koud gekregen en toe, laten we naar binnen gaan, maar zij wilde zich niet verroeren, ze wilde niet ophouden met kijken naar het eiland dat zich verwijderde. Ze had gedacht aan de school, aan de aardrijkskundelessen, aan de andere eilanden waarvan ze weet dat die door andere zeeën worden omspoeld, aan die van Griekenland die ze in de atlas bestudeerde, dicht bij elkaar, wat een archipel wordt genoemd, ze had bedacht dat het vast heel anders is om daar midden op zee te zitten, met al die eilanden die elkaar aankijken, en die zich vast minder alleen voelen. De eenzaamheid was een gedachte geweest die haar plotseling had vastgegrepen, en ze had tegen Agnese gezegd ik heb honger, laten we naar binnen gaan.

Binnen was er een kabaal van stemmen en bakjes eten van huis meegenomen en nu opengemaakt en gedeeld, ook al is het nog geen etenstijd, mandflessen wijn en gekookte tuinbonen, het Sardijns vermengd met het Italiaans. Francesco praatte met een paar mannen die zwijgzame vrouwen hadden en Ida wist niet wie het waren en haar zus was naar hen toe gelopen en ze waren daar bij hen gaan zitten en ze waren in gesprek geraakt, en Ida had het liefst met iedereen willen praten, van iedereen willen weten waar ze naartoe gaan en waarom ze weggaan, en zeggen ik voor de eerste keer, en daar trots op zijn.

De geur van het schip en de vochtige zeelucht kan ze nu nog ruiken, heeft ze het idee, en ze voelt ook een soort deining, hier op het bed in haar nieuwe kamer in de Via dei Pioppi, en dan roept Agnese haar omdat het eten klaar is.

7

34   De geur en de vochtige zeelucht ruikt ze ook af en toe daar in de grot, heeft Ida het idee, haar haren plakkerig net zoals toen ze vanaf het scheepsdek naar het eiland keek, dat steeds verder weg raakte. Ook de eenzaamheid is hetzelfde als toen. Of net als toen Antonio haar niet langer opzocht, net als toen Micol was verdwenen. Ze had soms van die enorme leegtes onder in haar buik, die langzaam haar dagen in beslag namen.

Die ochtend dat Antonio, bij de tramhalte, naar haar had gezwaaid vanuit de verte, alsof hij haar amper kende, toen had ze naderhand alleen maar in bed willen blijven, alleen maar willen slapen, fantaseren of dromen dat hij weer dicht bij haar was, echt dichtbij, zoals hij nooit was geweest. De eenzaamheid van die laatste schooldag, op Sardinië, aan het eind van de eerste klas van de middenschool, toen het in alle hevigheid tot haar was doorgedrongen dat ze daar niet meer zou terugkeren, op die school, met die klasgenoten, met de meester, de schriften, de boeken en de tekeningen. Ze liet het zich heel vaak gebeuren dat de dingen die ze niet had haar zoveel pijn deden dat ze de rest vergat, de mooie en intense dingen die ze in haar leven had. En dat kon ze zichzelf niet vergeven, want ze wist dat je juist blij moest zijn met wat je hebt, anders is het een schande tegenover de mensen die er echt slecht aan toe zijn. Dat werd haar altijd voorgehouden door de harde stem van haar vader, want die kon het niet aanzien als ze zich weer eens overgaf aan haar wanhoop en tranen.

Maar diep vanbinnen had ze toch altijd een soort vertrouwen, in de dingen die later zouden komen. Nu in de grot maakt ze zich een voorstelling van de dag dat ze eruit zal komen, ze stelt zich tot in detail de emoties voor en de woorden die ze zal wisselen met de anderen wanneer de oorlog afgelopen is, de blikken en de zinnen die ze tegen Antonio zal zeggen, als hij haar op een dag wel wil. Ze had het in zich gehad, dat vertrouwen, jaren geleden, in de slaap-kamer die ze deelde met haar jongere zusjes, terwijl ze zich voor-stelde hoe Rome zou zijn, hoe zijzelf zou zijn als ze groot was. In haar nieuwe kamer bij Agnese en Francesco thuis, in Centocelle, koesterde ze diep vanbinnen het vertrouwen dat er dagen vol en-thousiasme en blijdschap zouden komen omdat ze de zee was overgestoken en de wijk en de stad zou leren kennen.

Teruggaan naar school, dat vooral, het besef dat ze weldra zou teruggaan naar school, dat was iets wat alle eenzaamheid en gemis waard was. Ze wist dat ze Francesco dankbaar moest zijn, omdat hij in haar onderhoud voorzag terwijl ze bij hen woonde, en zij ging naar school in plaats van te werken, ze hoopte dat ze hem op een dag alles zou kunnen terugbetalen. In ruil deed ze alles wat ze kon in het huishouden, maar er was niet veel te doen, in elk geval niet voordat de baby geboren zou zijn. Het huis van Agnese en Francesco leek haar zo klein, in een paar uurtjes kon zij het in haar eentje opruimen en poetsen, terwijl Agnese voor de was zorgde en later voor de lunch. De tuin had je al helemaal snel gedaan. Ze had nog niet eens huiswerk, omdat de school op 1 oktober begon, en het was pas september. Zo kwam het dat ze dat jaar bijna een maand vakantie had gehad. De eerste vakantie van haar leven. Nooit eerder had ze dagen gekend zonder werk in huis of in de moestuin, zusjes om op te passen en haar inmiddels zieke oma.

Zodra Ida een beetje vertrouwd was in de wijk had Agnese haar af en toe op pad gestuurd om steenkool te kopen, of zeep, in de Via Tor de' Schiavi, en dan nam ze iedere keer een andere route, om nieuwe straten te leren kennen, om rond te kijken in die nieuwe wijk, net een soort pasgeboren dorp, de huizen in aanbouw en de metselaars met ontbloot bovenlijf, het zweet en de blikken op haar benen, vanaf de steigers. Luisteren naar de gemengde dialecten van de vrouwen die van het ene raam naar het andere riepen. In de Via Prenestina belanden en zich afvragen wat er zal zijn, helemaal aan het eind van deze straat. De nog warme middagen die haar eindeloos leken, ze sliep veel en haar dromen waren altijd net echt en ze vergat ze niet als ze wakker werd. Ze had vaak een droom waarin ze rondjes liep met een mandje eieren in de hand, en ze had het idee dat ze dat mandje had gekregen van haar tante Bernardetta, en ze liep in steeds kleinere rondjes, en haar pas werd steeds sneller, en ze liet de eieren steeds sneller uit het mandje vallen, en de eieren maakten geluid, een soort tik tik, en dan schrok ze wakker als uit een nachtmerrie.

Er waren ochtenden waarop ze met Agnese naar de markt ging, die bij de kerk, en wat voor gedachten ze dan ook in haar hoofd had, ze werd er altijd vrolijk van om langs de kraampjes te lopen, langs de tomaten en de druiven, de selderiestengels en de bosjes wortels, de geur van de vis en de basilicum, het wit van de kaas en de ricotta, en ze dacht terug aan de markt in haar dorp, de kreten van de kooplui, *tammàttigasa croccoríga e la' 'ta bella sa canciòffa*, tomaten, courgettes, en kijk eens wat een mooie artisjokken, en de mirtebessen in november, om op te peuzelen en paarse lippen te krijgen, en wat was het fijn om inkopen te gaan doen met mijn mama, toekijken hoe zij de meloenen uitkoos en ik dan intussen de tassen vasthouden.

Al na een paar weken ging ze alleen naar het kanaal, om water te halen. Als je 's middags naar het kanaal ging trof je daar alle kinderen van de wijk, maar dat wist zij nog niet, in die eerste tijd waarin alles dat vreemde licht van het begin had, dat ze nooit meer zou vergeten. Vanaf haar huis in de Via dei Pioppi naar het kanaal was een kippeneindje, de straat uit, langs het aquaduct, ze was er zo.

Het aquaduct, die eeuwenoude hoge muren, dat deed haar wat en het herinnerde haar eraan dat ze in Rome was, in Rome, en hier heeft de geschiedenis plaatsgevonden, en ze werd vervuld van blijdschap door de hemel boven haar en het ongemaaide gras onder haar. Maar naar de overkant van het kanaal ging ze nooit, daar zijn de barakken, hadden ze tegen haar gezegd, daar zijn de schooiers. Alle dingen vergeleek ze met de dingen die ze had achtergelaten, de hemel, het gras, het water, het eten, de mensen die ze tegenkwam, en altijd kreeg ze er heimwee van, maar hier smaakte alles haast naar een soort vrijheid. En naar eenzaamheid smaakte het, en die kende Ida toen nog niet.

Vooral 's avonds verveelde ze zich, in die uren na het eten 's zomers die altijd gevuld waren geweest met buiten spelen en stoelen in de schaduw om te kletsen. Francesco ging naar een of ander café en zij bleven thuis en ook Agnese verveelde zich en die praatte over wanneer de baby er zou zijn, of ze vertelde haar de dingen van toen Ida nog klein was. Francesco had een typemachine uit de tijd dat hij studeerde, en Ida had toestemming gekregen om die te gebruiken en er was een boek waaruit ze leerde tikken, en zo was ze haar tijd gaan spenderen met leren waar ze haar vingers moest neerzetten, de letters een voor een, een blaadje vol A's, een blaadje vol B's, de F met je linkerwijsvinger, de L met je rechterringvinger, algauw vormde ze hele zinnen en je rug recht en je ellebogen los ze voelde zich net een pianiste, de woorden spelend met haar vingers.

Sommige dagen bracht ze alleen maar door met wachten, het gevoel dat het leven nog moest komen. Haar vriendinnen zouden uiteindelijk vooral de meisjes uit de wijk worden, ook al was Francesco daar niet blij mee, en Rita de beste van allemaal.

Rita en zij hebben elkaar leren kennen bij de catechismus, op de zaterdag voor het begin van het schooljaar, toen don Pietro haar had voorgesteld aan de andere kinderen, samen met nog vier nieuwelingen net als zij, hij zei dit is Ida zij komt van Sardinië, dit is Gina zij komt uit de Abruzzen, dit is Giuseppe hij komt ook uit de Abruzzen, dit is Pasquale hij komt uit Campanië, dit is Marina zij komt uit Frosinone. Van Campanië wist Ida wel waar het lag, in Campanië had je Napels en de Vesuvius, de Abruzzen en Frosinone kende ze niet, nooit van gehoord. Rita was minstens een halve kop groter dan Ida, ze had grote ogen en grote borsten, als een vrouw, ook al was ze net als zij pas twaalf. Ze was haar meteen opgevallen, in de kamer van de catechismus, door dat krullende haar en die ogen die haar recht aankeken. Zo hadden ze elkaar gekozen, en Ida had het iets geweldigs gevonden, dat je zomaar een vriendin kon kiezen.

8

Rita was in Centocelle geboren, in november 1926, 's ochtends
vroeg, in de kou van het huis met twee verdiepingen gebouwd
door de bruidegom en de broers van de bruid, die twintig jaar was
en Renata heette. Een paar maanden eerder, op de honderdtiende
dag van haar zwangerschap, was ze op een middag naar het dak-
terras geklommen en had ze het zweet van haar voorhoofd ge-
veegd met de zoom van de zakdoek die ze om haar hoofd droeg
om haar haren te beschermen tegen het stof dat overal zat, maar
goed dat we klaar zijn met die bouw. Ze had naar haar man Ivano
gekeken, die het hardhout schuurde waarvan hij de tafel voor buiten had getimmerd, want met dat mooie weer in Rome kunnen we
hier eten, en als het heel warm is kunnen we ook hier slapen, op het
terras. Renata had naar hem gelachen en wist nog niet of ze hem
kon vertrouwen, die jongen zo mooi dat het een geschenk was,
wiens ogen nooit ergens op bleven rusten, ook niet op haar. Ze
leunde tegen de tafel en ze had het idee dat ze het voelde, dat kindje vanbinnen, ze had het idee dat ze kon voelen dat het een meisje
zou worden. Wat ze echter nog niet wist was hoeveel pijn het zou
doen, wanneer het tussen haar benen naar buiten kwam, in november, 's ochtends vroeg, dat kindje dat ze Rita hadden genoemd
naar de moeder van Renata.

Oma Rita was tegen tienen gekomen, met haar man Vito en de

schoonzusters. Vito had zich nog niet helemaal verzoend met het idee van die jongen die ik heb gered, ik heb hem gered en toen ging hij er met mijn dochter vandoor, het enige meisje dat we hebben.

Ivano was eenentwintig jaar en zijn ogen straalden altijd, en zijn noordelijke accent was voor Renata een inwendige streling geweest, twee jaar eerder, toen haar vader hem in huis had genomen en hem had geholpen een baan te vinden. Hij was gevlucht uit Bologna nadat hij maanden met zijn kleren aan had geslapen om zich op de vliering te kunnen verstoppen tijdens de nachten dat de fascistische knokploegen hem kwamen zoeken, en zijn moeder smeekte hem, ga ervandoor, en ze vervloekte de ideeën en de onstuimigheid en de woede van haar jongste zoon. De tijden waren steeds donkerder en een vriend had gehoord dat ze deze keer naar hem op zoek waren met de bedoeling om hem ook echt te pakken te krijgen, Ivano. Dus had hij zijn vertrek voorbereid, en de droefheid die hem overviel terwijl hij onder de zuilengalerijen door liep, onder de grijze hemel die de zijne was, en hij wilde helemaal geen andere leren kennen. Sommige vrienden hadden hem geholpen, ze hadden besloten dat hij het beste naar Rome kon gaan, naar een wijk genaamd de Quadraro, daar komen de fascisten nooit, vraag naar Vito Berardi.

Vito had hem aardig gevonden, die jongen uit Bologna, een beetje typisch met die vlek op zijn voorhoofd en dat vreemd trekkende been, en hij kon goed met hout werken, een harde werker, hij was bevriend geraakt met zijn zoons en Vito had het gevoel dat hij er een zoon bij had gekregen, en nog een goeie jongen ook, we hebben geluk gehad, zei zijn vrouw Rita. Zijn weemoed uitte Ivano in zijn brieven aan zijn moeder en algauw schuilde die vrijwel alleen nog daarin, en niet in de vrolijke ochtenden waarop hij van de werkplaats naar huis fietste. Toen Ivano, niet veel meer dan een jaar later, tegen hem had gezegd Vito, ik wil met Renata trouwen, had Vito hem een klap gegeven die kil had weerklonken en die hemzelf vanbinnen had geraakt als een verwonding. Naderhand was Vito ook wel trots geweest, om hoe goed Ivano met hout werkte en om hoe hij met zijn dochter omging, die had gestudeerd om onderwijzeres te worden en ze is mijn oogappel, slim en mooi, de mooiste van de hele buurt.

Toen de school was geopend in Centocelle, haar nieuwe wijk, was Renata de eerste geweest die daar ging lesgeven, samen met Erminia, die twee keer zo oud was en een onuitstaanbaar mens, hoe houden die kinderen het in godsnaam met haar uit, en hoe ze zich gedroeg tegenover Raffaele Spada, die uit het zuiden kwam, immigranten, dat zijn het, een school vol immigranten en niemand die een woord Italiaans spreekt. Die wet, had Renata een keer uitgelegd aan Ida en Rita, die fascistische wet waardoor iemand die geen baan heeft ook geen verblijfsvergunning krijgt, maar intussen geeft niemand een baan aan iemand die geen verblijfsvergunning heeft, dus wat moeten die jongelui dan beginnen? Dat mens wil ze eigenlijk niet eens toelaten op school. Toen Renata verplicht lid had moeten worden van de fascistische partij, om te mogen blijven werken, was het een drama geweest voor de hele familie, maar zij had naar niemand willen luisteren, zwanger van Rita, blijf dan liever thuis, zei haar moeder, over mijn lijk, antwoordde zij. Ze was naar school blijven gaan tot een paar dagen voor de bevalling, het is hier toch vlakbij, ik doe er twee minuten over, van ons huis naar de school. En in wezen was het voor Vito en zijn vrouw ook wel een opluchting geweest, dat Renata lid was geworden, dan zou het tenminste niet al te duidelijk zijn, hoe er bij hen thuis over gedacht werd. Dante Barile, de buurman, die de vijfduizend lire had geweigerd waar hij recht op had toen zijn vijfde kind was geboren, want *da quelli la io nun vojo gnente,* ik hoef niks te hebben van die lui, dat was in de tijd dat hij zijn werkplaats had in Torpignattara en altijd langs het gebouw van de fascistische partij kwam, en toen was hij steevast thuisgekomen met een bont en blauw gezicht, bloed in de hals, een afgebroken tand, telkens weer, dat wist Vito nog goed.

Na Rita was Fausto geboren, en daarna Annina, en ze waren allemaal naar school gegaan bij hun moeder, want ik pieker er niet over om ze in de klas te zetten bij die Erminia, dat idiote mens, en geen van hen had ooit een voet gezet in de kerk.

9

Rita was stiekem begonnen naar de catechismusles te gaan, toen ze op de lagere school zat en ging spelen op de parochiespeelplaats, toen had iemand het op een dag gezegd tegen Ivano en Renata, jullie dochter gaat naar de kerk, en Renata had gelachen en Ivano had een beetje getrild van woede en teleurstelling. Ze ging er stiekem naartoe, ze was niet eens gedoopt, en dat was voor Ida iets ongelooflijks, ze had nog nooit iemand gekend die niet gedoopt was. Ze kwam heel graag bij Rita thuis, ze had het idee dat iedereen daar altijd vrolijk was, er werd elke keer gelachen om onbenullige dingen. Ook over mannen, bijvoorbeeld, maakten Rita en haar moeder grapjes op een manier die zij niet voor mogelijk had gehouden.

Ida en Rita gingen voortaan overal samen naartoe, naar school en naar de kerk, melk kopen en naar het kanaal. Ze namen een wat langere weg en dan kwamen ze bij het water ter hoogte van het bruggetje, want daar was het meeste te doen, en dan konden ze praten met de andere meisjes en stiekem gluren naar de jongens, die hetzelfde bij hén deden. Ze maakten grapjes om Dario Gaggini, die lang en dik was, hij keek altijd naar Rita, en hij had zelfs tegen haar broer Fausto gezegd dat ze verkering hadden, getsie, hij zit altijd onder het zweet. Ze maakten grapjes om Gino Marsi, de zoon van de slager, die dacht dat hij de knapste van allemaal was maar die op school niks snapte. Ze lachten wanneer Rosa Saracino voorbijkwam, die nooit de deur uit ging zonder haar broer en hij moest altijd het water dragen, ja want zij kan dat natuurlijk niet, dan zou de mandfles helemaal leeg of kapot zijn als ze thuiskwam. Maar eigenlijk vond Ida dat Rosa Saracino de mooiste was, haar schoonheid was van deze tijd, ze was lang en had vormen precies op de plekken die voor vormen bedoeld zijn, groene, langwerpige ogen onder haar zwarte, volle wimpers, en flinke borsten. De eerste keer had Ida haar in de kerk gezien, op zondagochtend toen zij net

in Rome was aangekomen, Rosa zat op de eerste rij met haar moeder aan de linkerkant, rechts haar vader en haar drie broers, in hun nette pak, de schoenen gepoetst, ze had meteen het idee gehad dat zij de mooiste en de charmantste was, zoals Rosa zou zij nooit worden. Rosa Saracino kwam uit het zuiden, dat wist Ida, uit een plaats in het zuiden genaamd Avellino, dat had ze op school gehad, Avellino, ook al wist ze nu niet meer goed waar dat was en of het een stad aan zee of in het binnenland was. Maar ze was al een echte Romeinse geworden, haar vader was een van de eersten die in Centocelle was gekomen, een van de eersten die het een beetje gemaakt had. Ze was een echte Romeinse, Rosa Saracino, en ze praatte in het Romeinse dialect, dat voor Ida meer een vreemde variant was van het Italiaans dat ze op school had geleerd, ze verstond het een beetje en het irriteerde haar een beetje, en ze wist nooit hoe ze moest praten. En het was altijd vermengd met trots, dat dialect, ze had het gevoel dat het haar buitensloot, en de anderen zoals zij, zoals Aldo, die van Sicilië kwam, of Lalla, die uit Calabrië kwam.

Aldo zat op de lagere school en had volle, glanzende lippen, en Rita's moeder kreeg hem op school maar niet uitgelegd dat *piede* in het Italiaans alleen 'voet' betekent en niet ook 'boom', het woord *albero* kreeg hij maar niet in zijn hoofd geprent. En een keer had hij iedereen de schrik van hun leven bezorgd, daar bij het kanaal, toen hij maar bleef zeggen wie ligt daar in het water, wie ligt daar in het water, en allemaal stonden ze te turen om te zien of er iemand verdronken was, maar het kwam gewoon doordat Aldo niet het verschil wist tussen 'wie' en 'wat', en wat er in het water dobberde was een blikken doos waar ze nog veel plezier mee hadden gehad omdat hij vol zat met kranten, tekeningen en verhalen die een beetje nat waren en waar ze uren zoet mee konden zijn. Aldo had een heleboel broers, niemand wist precies hoeveel, die allemaal sprekend op hem leken maar van verschillende grootte, allemaal even knap, allemaal met die lippen, *c'hanno 'na bocca 'sti regazzini, da facce li stornelli*, die jochies hebben een mond, daar zou je zo een liedje over schrijven. De oudste, Bruno, was zestien toen hij door vier Duitsers met geweren werd weggevoerd, terwijl hij op bed een sigaret lag te roken gerold van krantenpapier, om in de fosse te worden gefusilleerd.

Lalla was een paar jaar ouder dan zij en ze woonde bij haar vader en haar oudste broer, die allebei metselaar waren, haar moeder was op Sicilië gebleven met twee andere broers. Lalla ging niet naar school maar ze mocht Rita en Ida graag, ook al verstonden ze haar niet altijd wanneer ze iets zei. Later waren ze naar de oorlog gegaan, haar vader en haar oudste broer, en alleen haar vader was teruggekomen, hij praatte niet meer, en hij ging nooit de deur uit. Lalla ging in de rij staan voor het eten en alles, en af en toe, sinds de achtste september, kookte ze voor de jongelui van de wijk die ondergedoken zaten op graanzolders, ze verstelde sokken en broeken en ze lachte altijd.

Op sommige avonden als Ida naar huis terugkeerde, vaak op de fiets, met de heuvels van Tivoli achter in haar blikveld, voelde ze een weemoed die op haar borst drukte, zoals haar zo vaak was overkomen in de moestuin, in haar dorp, bij zonsondergang voor de grote vijgenboom. Als Rita bij haar was dan omhelsde ze haar, en het kalmeerde haar als ze zeiden dat we voor altijd vriendinnen zullen blijven, en het is hier mooi, zei ze bij zichzelf, in mijn wijk.

10

In de grot zingt ze zachtjes om in elk geval haar eigen stem te ho- 47
ren, om niet weer in slaap te vallen, om een beetje moed te vatten,
om niet te denken aan het vocht dat in haar botten kruipt, niet te
denken aan de geur van haar huid, die ze al drie dagen niet heeft
gewassen. Om zich even niet af te vragen waarom doe ik dit waarom doen we dit wat moet ik nog meer doen of wat kan ik nog meer
doen.

De ochtend waarop de dingen verkeerd waren gegaan, de ochtend waarop ze de ingang van de grot had gezocht en naar binnen
was gekropen, was ze ervan overtuigd geweest dat ze maar het
beste ondergedoken kon blijven zitten, en niets doen, en afwach-
ten. Op sommige dagen was ze daarvan overtuigd, sinds het allemaal was begonnen, sinds ze zich bij het verzet had aangesloten,
waarom ben ik hieraan begonnen. Ze was de grot in gelopen met
haar hand langs de muur, en ze griezelde ervan, tot ze bij een soort
verbreding kwam, net een kamertje, waar van bovenaf een kleine
lichtbundel binnenviel, en daar was ze gebleven. Na een paar minuten of misschien een paar uur, dat kon ze niet zeggen, had ze
zachte stapjes gehoord en een zware ademhaling en had ze gedacht dat is Rita, of anders ben ik dood.

Rita had gezegd Ida, ben jij dat? En Ida was vlug opgestaan en ze
hadden elkaar omhelsd en Rita had gezegd je leeft nog, en zij had

gezegd ik leef nog, ik heb niks maar ze zeggen dat ik word gezocht, Rita, ik was zo bang ik wist niet waar ik heen moest, ik hoopte dat je aan onze schuilplaats zou denken, het was mijn enige hoop. En Rita had, zoals ze soms deed als ze ontroerd was of blij of ernstig, Ida's linkerhand vastgepakt en tot een vuist gebald en de hare eromheen geklemd, want die was twee keer zo groot, en ze voelden zich beschermd en sterk en één, Rita en Ida, met hun handen zo in elkaar geklemd. Ze had tegen haar gezegd Rita, alsjeblieft, zeg voorlopig tegen niemand dat ik hier ben, verzin maar iets, ik ben bang dat als ze mij zoeken, als ze bij mij uitkomen, dan komen ze ook bij jullie, ik ben bang om Agnese, ik ben bang om don Pietro, en ook om jou ben ik bang.

Rita had op weg naar huis, met de hitte van die 30ste mei op haar huid, en al wat minder angst in haar voeten die zich evengoed nog haastten, bedacht dat het nog wel zou lukken om langs te gaan bij de kerk, en thuis, en om dan nog op tijd in Tor Tre Teste te zijn net buiten de stad, bij de boerin die haar eens in de week wat groenten verkocht, misschien een paar eieren, na lang onderhandelen, elke keer dat ze er weer kwam was het geld nog minder waard en was er nog minder te eten. Maar de laatste tijd lukte het haar het ontmoedigende beeld van die zo lange tocht, van die zo lege mand, te verdrijven met het beeld van het einde, na zo ontzettend veel oorlog, iedereen zegt het, ze hebben ze gezien, ze zijn al op de Via Prenestina, ze komen eraan, waarom hebben jullie er toch zo lang over gedaan? dat ga ik aan de Amerikaanse soldaten vragen. Ze was naar links gegaan en de toren achter haar, met rondom gras en aarde en zwaluwen erboven, had haar gelijk gegeven, en er hing de geur van moerbeien in de middaglucht. Ze liep door en ze zweette een beetje en ze dacht aan Ida arm kind daar beneden, ik hou zoveel van je vriendin van me, het zal niet lang meer duren, dat zweer ik je uit de grond van mijn hart, het is al zowat afgelopen, en dan gaan we allemaal op straat dansen. Ze wist niet wat ze tegen don Pietro moest zeggen, tegen haar moeder, en tegen Agnese.

Op het plein voor de San Felice-kerk waren twee jongetjes zwijgzaam aan het knikkeren, *ciao Ri'*, ze draaiden zich allebei maar half om, *ciao Ni'*, *ciao Pa'*, Rita deed de kerkdeur open. Ze had zitten wachten tot de vrouw in het biechthokje klaar was, en ze had het kruisteken geslagen en al, zoals altijd, zoals altijd alsof ze daarmee ook haar excuses aanbood aan haar vader en moeder, en ook aan haar grootouders. Don Pietro bleef maar zitten zweten in dat biechthokje terwijl Sara Antonioni, die een zoon van dertig jaar op zolder ondergedoken had zitten, begon te praten, ik heb gezondigd don Pietro, en al zwetend en luisterend dacht hij aan Ida en vroeg hij zich af of Marozzi was opgepakt en vroeg hij zich af hoe het zat met Ivano en meneer Ercole, ik heb gejokt don Pietro, en het waren wrede maanden vol gewelddaden en agressie geweest, hoeveel mensen waren er wel niet vermoord? en vrouwen en bejaarden en zelfs kleine kinderen, ik heb gestolen don Pietro, Onze-Lieve-Heer laat de Amerikanen snel hier komen, en red ons, lieve God, red ons, twee Onzevaders Sara, en drie weesgegroetjes, wat zou jij dan hebben gedaan in mijn plaats, Jezus?

Daarna komt Rita het biechthokje binnen en zegt dat ze Ida niet heeft gevonden, don Pietro ik weet niet meer waar ik haar moet zoeken, we moeten meer te weten komen over Marozzi. En ze kijkt naar de grond, Rita, terwijl ze het zegt. Don Pietro zweet nog meer terwijl hij naar dat verhaal luistert, op die ochtend van 30 mei 1944. Wees gerust, Rita, je zult zien dat we haar wel vinden, dat haar niks is overkomen. Het is bijna afgelopen, hè don Pietro? Als God het wil, Rita, als God het wil. Mijn vader zou hebben gezegd als de kameraden samen strijden. Die vader van jou is niet goed wijs, en

God wil niet dat de types zoals hij uiteindelijk hier aan de macht komen, en ga nu maar naar huis, Rita, vanavond na de avondklok stuur ik Giacomino en dan kunnen we het laatste nieuws uitwisselen.

Het is bijna afgelopen, het is bijna afgelopen, het is bijna afgelopen. Ze herhaalt het als een gebed, Rita, terwijl ze richting huis loopt, en daarna richting Tor Tre Teste gaat, en het kanaal oversteekt. En bij het kanaal denkt ze aan die keer dat Ida erin was gegleden, op een middag in november, het was waarschijnlijk het begin van de maand want het was nog niet heel erg koud, het eerste jaar dat ze in Rome was, toen ze elkaar nog niet zo goed kenden. Ze was erin gegleden en ze moesten lachen maar toen ze eruit kwam had ze bloed onder haar voet, een stuk glas stak erin, Rita was heel erg geschrokken, maar Ida wilde niet naar huis want dan zou ze ervan langs krijgen, het was haar eigen schuld geweest, ze had vlak langs de rand gelopen, voor de lol.

Ze waren gezien door die mevrouw uit Cantalice van wie ze niet eens wisten hoe ze heette, die daar recht tegenover in zo'n krot woonde, al die kinderen, maar dat ze uit Cantalice kwam, ja, dat wisten ze wel, want haar man werkte als *er monnezzaro*, as fullisman, die komme allemaol fan die kante, dat folluk deugt nerges anders foor, se praote niet eens fatsoenluk Italiaons, en se wasse sich niet, so sijn se nou eenmaol. Die mevrouw had Ida schoongemaakt, en de wond onder haar voet, haar kleren te drogen gelegd op de kachel. Ze was aardig. Ze stonk niet. De oorlog had een van haar kinderen weggenomen, haar oudste zoon, gesneuveld als soldaat. Een andere, de jongste, twee jaar oud, was met een bom ontploft, de bom was ontploft en hij was op de binnenplaats en zijn moeder had hem daar gevonden, liggend, net of hij sliep, maar zijn hart was geknapt, het was vanbinnen geknapt, snap je, je gaat heus niet dood door de bommen, je gaat dood door de luchtverplaat-sing. Een andere zoon zat in Duitsland, in de kampen. Een van de dochters, een blond meisje, pienter, over haar had Rita gehoord dat ze was gaan spioneren voor de Duitsers, ze woonde in het centrum, in Rome, en 's avonds was ze altijd in Hotel Flora, in de Via Veneto, ze liep op hoge hakken en ze rookte sigaretten. Nu loopt die mevrouw buiten, langs de weg, ze zoekt tussen de blaadjes van een sinaasappelboom of er nog een goede vrucht aan hangt, ze groeten elkaar en Rita lacht haar toe. Het is bijna afgelopen.

51

11

52 Intussen, op die 30ste mei 1944, zat Fausto, de broer van Rita, tegen
zeven uur 's avonds met Ercole van de drukkerij een priklimonade
te drinken in de trattoria aan de Piazza dei Mirti, op de hoek met de
Via dei Castani. Ercole vertelde over Marozzi, dat die was vermoord, en Fausto vertelde dat ze over Ida nog niks hadden vernomen. Intussen was Rita, in overtreding van de avondklok en buiten medeweten van haar moeder, alweer op weg naar die grot om
wat dingen naar Ida te brengen, het beetje dat er was, een bouillon
van cichorei en een aardappel, naar Ida die ze die ochtend zo angstig in het donker had achtergelaten, in een gang van puzzolaan.
Ze was weer op weg naar dat grasveld, puffend en met het koude
zweet op haar rug.

De eerste keer, diezelfde ochtend, had Rita de plek midden in
het grasveld herkend en was ze naar binnen gekropen, hijgend,
van het rennen en van de angst dat ze een leegte zou aantreffen in
de grot, en niks geen Ida. Ida was bij het horen van die voetstappen
en dat geluid plat tegen de muur gaan staan, bijna zonder adem te
halen.

De kleine dingen sinds ze wakker was geworden, op die ochtend vol licht van die 30ste mei, hadden Ida gunstige tekens geleken. Haar zus Agnese die glimlachte zoals ze haar bijna nooit zag
doen, de nieuwe jasmijn aan de tak die tot onder het raam reikte, en

die fijne droom over meisjes op de binnenplaats. Agnese zette water op met het gerstmengsel dat een beetje aan koffie deed denken, en Ida was verbluft door haar glimlach en vrolijkheid, zo in contrast met haar stugge, weemoedige houding van de afgelopen tijd. Agnese zette water op en zong zachtjes liedjes in hun eigen taal, en Ida moest denken aan een dag, nog voor de oorlog, in het huis van oom Nando zoals ze hem noemden, al was hij van geen van hen de oom. Het was carnaval en de vrouwen waren in de keuken bezig de zoete *frittelle* te bereiden, om te frituren en te bestrooien met poedersuiker, en daarbij zongen ze de traditionele *trallallerà*, waarbij ze in koor het refrein zongen en om beurten een couplet verzonnen, en Agnese deed dat het allerbeste, in het begin tenminste, toen de trallallerà nog gingen over het eiland dat zo ver weg was en al zo lang niet meer gezien, over hoe ver weg de stemmen van dierbare personen waren, de hemel boven het mooie eiland, trallallerà over de woeste zee die moest worden overgestoken. Maar later, wanneer de andere vrouwen een refrein inzetten over de liefde, sommige zelfs ondeugend, dubbelzinnig en zo, dan zong Agnese het refrein met tegenzin mee. En Ida ergerde zich er altijd een beetje aan, het maakte haar nerveus, die grote zus van haar die nu al net zo groot was als mama en die nooit eens grapjes kon maken, en de liefde, de liefde die beschouwde Agnese altijd als iets ongemakkelijks en lelijks.

53

De laatste tijd waren ze wel wat hechter geworden, met hun zwarte kleren, sinds Francesco dood was, en ze hadden moeten werken, en er was honger en er waren een heleboel dingen gebeurd, ook al zeiden ze nog steeds niks tegen elkaar over sommige daarvan.

Sinds Francesco dood was had Agnese, helemaal in het zwart vanwege de rouw, niet meer voortdurend gedacht aan de baby, aan haar lege buik en haar droge borsten. Ida vond dat het witte gezicht van haar zus heel goed paste bij dat zwart, maar ze dacht ook wat heeft het voor zin, om die kleren te dragen, en ze had geprobeerd het tegen Agnese te zeggen, dat dat niet de gewoonte is hier, dat het oorlog is, dat we allemaal in de rouw zijn. Maar zij trok hem niet uit, die zwarte jurk. Ida hoefde alleen maar een band om haar arm te dragen, voor de rouw vanwege haar zwager, en die droeg ze zonder iets te zeggen, zonder erbij na te denken eigenlijk.

Die ochtend waarop de dingen verkeerd waren gegaan hadden ze zwijgend hun koffie gedronken, toen had Ida gezegd ik ga naar de drukkerij en Agnese had gezegd wat hebben jullie dan te doen in de drukkerij in deze tijd, en ze had het gezegd op zo'n manier, zonder verwijt, alleen maar benieuwd, dat Ida zin had gekregen om haar alles te vertellen, maar toen had ze weer gedacht dat het beter was om niks te zeggen, ze had haar een kus gegeven en was de deur uit gegaan.

In de tram, op weg naar de wasserette van Marozzi, de hemel zo blauw, kon ze haast niet geloven dat al die dingen waren gebeurd en nog steeds gebeurden, al die doden, al die ingestorte huizen, al die angst. En Francesco dood, en vanwege hem, behalve het verdriet, ook iets wat op schuldgevoel leek, want ze had Francesco nooit graag gemogen.

Francesco was op de ochtend van 19 juli 1943, een maandag, zoals hij eens in de maand deed uit de tram gestapt voor station Termini, had een kop koffie gedronken bij Caffè Trombetta en was recht door de Via Marsala gelopen, en om acht uur vijftig was hij de tweede zijstraat links in gegaan, de Via Milazzo, waar hij op nummer 42, op de derde verdieping, in een hotel dat kamers per uur verhuurde en waar het naar bleekmiddel rook, een ontmoeting had met Mira, die drie jaar ouder was dan hij en die van wanten wist. Om halfelf was hij naar buiten gegaan en had hij ontbeten in een bar vlak bij het Policlinico-ziekenhuis, met een oude schoolvriend van hem die ook in Rome woonde, en die arts was, en die hem altijd voor de gek hield vanwege dat gedoe met die prostituee op maandagochtend. Om vijf over elf hadden ze geluiden gehoord, in de lucht, keihard, en de bom was honderd meter verderop gevallen, op het ziekenhuis, en de bar was aan gruzelementen gegaan en zij samen met de bar, en Francesco was toen gezien door Assunta, de dochter van de schoenlapper in de Via Tor de' Schiavi, die als schoonmaakster werkte bij het Policlinico, zij rende voorbij en Francesco daar in een hoek, tegen de ingestorte muur van een gebouw, het leek net of hij van binnenuit was leeggelopen. Assunta was naar de Via dello Scalo gerend en op elke hoek was er een straat die was opgegeten door een gat en een ingestort gebouw, met openhangende dressoirs en klokken die nog stevig aan de enige overgebleven muur hingen, en een lichaam en een arm en gekrijs, en andere mensen die renden, die overal renden, en krijsten, en bij Porta Maggiore die trein met allemaal doden erin, en een wagon die door de luchtverplaatsing in de derde verdieping van een gebouw was beland, Assunta was helemaal tot aan Centocelle gerend, helemaal tot aan het huis van Agnese, Agnese, je man, de bommen in San Lorenzo, en ze kon niet eens meer praten. Maar Agnese had het meteen begrepen, ik moet hem gaan halen, je kunt hem niet gaan halen, er wordt nog steeds gebombardeerd, ik moet hem gaan halen, Ida, Ida, we moeten hem gaan halen. Maar wat moest Francesco in die wijk, wat moest hij daar, misschien is hij het niet en heeft Assunta zich vergist.

Jullie hebben geluk gehad, had een vrouw met doffe ogen en bloed op haar handen gezegd, tegen Agnese, die het hoofd van Francesco stevig vasthield en tegen Ida, die rechtop stond en om zich heen keek en niet wist wat ze moest doen, jullie hebben geluk gehad, ik ben de mijne kwijt, hij is niet alleen maar dood, mijn man, mijn liefste, ik ben hem kwijt, hij ligt onder dat gebouw, met al dat puin erbovenop. Ida had door straten gelopen die werden onderbroken door afgronden en puinhopen, tussen de rook en het stof, zoekend naar iemand die hen zou helpen om Francesco naar de begraafplaats te dragen. Toen waren ze daar tot de avond gebleven, op de begraafplaats, met dat verdriet en de angst dat er nog meer bommen zouden vallen, en ze probeerden te begrijpen hoe dat zou moeten, al die lijken begraven, allemaal op het plein voor de Verano-begraafplaats, waar de bommen zelfs de doden hadden gedood, voor de opengereten basiliek, met het lichaam van de Heer verspreid over de grond, Ave Maria, onze moeder, red ons uit deze hel. Maor se souwe ons toch kome redde, die Amerikaone? En 's avonds was de paus gekomen, en de mensen huilden, terwijl Ida moest denken aan God, aan waar die goed voor is als dit allemaal maar gebeurt, en aan hoezeer ze een hekel had aan hem en de wereld die hij haar had gegeven om in te leven, en ze was zelf ook liever een van die doden geweest die daar op de grond lagen, opgeslokt door het donker, om niet te hoeven ondergaan wat er allemaal nog komen zou.

12

In de grot zijn de uren als snaren die strakgespannen zijn tussen   57
angst en verveling, vermoeidheid en wanhoop. Ze is nu doods-
bang, Ida, ook om zichzelf, stel dat ze echt naar me op zoek zijn,
maar de Amerikanen komen eraan, en misschien verjagen wij ze
zelf wel, die Duitsers. Maar al twee dagen is er niemand meer geweest en de uren zijn onbeweeglijk donker en ze heeft een lamp,
een deken en heel veel honger en ze denkt aan de ochtend waarop
alles fout is gegaan, aan Marozzi, aan zijn zoon en aan Ivano, aan
Rita die over het grasveld rent om haar te zoeken, aan Rita die na de
avondklok het grasveld oversteekt, om haar eten en drinken te
brengen, om haar te vertellen dat Marozzi ter plekke was neerge-
schoten, in de wasserette, een schot in zijn nek, voor de ogen van
zijn vrouw en zijn kleine dochtertje. Om haar te vertellen dat de
mannen allemaal waren ondergedoken, dat haar vader Ivano iemand had gestuurd om te laten weten dat ze de huur van de werkplaats in de Via Emanuele Filiberto opzeiden, en hij zei niet waar
hij zich ging verstoppen. Om haar te vertellen dat Agnese gerust-
gesteld was, ze zei dat het uiteindelijk maar beter was dat je bij de
boeren zat, en niet hier in Centocelle midden tussen de partizanen,
Onze-Lieve-Heer help ons en bescherm ons, en hou mijn zusje Ida
verre van hen. En toen hadden ze even moeten lachen, maar dat
was zo weer voorbij. En Giovanni, Rita? Welke Giovanni? De zoon

van die met dat café op de hoek van de Via di Santa Chiara, Rita, hij ging er tegelijk met mij vandoor, maar dan de andere kant op, hij was degene die me waarschuwde, hij zei Mari', se soeke ook jou! Ik weet het niet, Ida, ik ken hem niet. En Antonio, Rita? Waar zit Antonio verstopt?

Om Marozzi had ze gehuild, samen met Rita en later nog een hele tijd, toen ze weer alleen was. Om Marozzi, om zijn vrouw en hun dochtertje, dat ze heel vaak had gezien in de wasserette, dun en donker en ernstig, Tina heet ze volgens haar, en er was een enorme vermoeidheid over haar heen gekomen, alsof het de vermoeidheid van hele maanden of jaren was, en toen was ze in slaap gevallen. Haar dromen herhaalden de beelden van de dingen die op die ochtend waren gebeurd, vermengd met andere dingen die niet echt waren, ze droomde dat ze wegholde, de steegjes van het centrum, rennende paarden en don Pietro die op haar wachtte bij de kerkdeur en zei kom binnen, kom binnen want het gaat zo sneeuwen en dan word je nat.

Ida had vanaf het begin vertrouwen gehad in don Pietro, vanaf die zondagochtend vlak na haar aankomst, en dat was zondag 11 september 1938 en Ida was twaalf jaar en Agnese twintig, Francesco een paar jaar ouder. Hij was een pastoor maar zo anders dan die in hun dorp, hij geurde naar eau de cologne en het was fijn om naar hem te luisteren en later had Ida ook nog ontdekt dat ze met hem kon praten, dat ze tegen hem dingen kon zeggen die ze tegen niemand anders kon zeggen. Ze herinnerde zich die vreselijke tijd, drie jaar geleden, waarin ze wel wat mensen leerde kennen maar steeds door iedereen voor de gek werd gehouden, meende ze, of misschien ook niet, maar zij voelde zich zo gesloten en lelijk en nutteloos, en het waren de maanden waarin Antonio haar niet langer opzocht, en toen had don Pietro op een middag tijdens de catechismusles tegen haar gezegd jij bent net een oester. Dat was ze nooit vergeten, dat van die oester, want een oester is vanbuiten lelijk, net een mossel, maar binnenin zit dan juist een parel.

Zondagochtend 11 september 1938 had ze zich helemaal gewassen, haar witte blouse en glimmende schoenen aangedaan en haar donkerblauwe lange rok met daaronder witte kousen, allemaal de avond ervoor uitgekozen en netjes op de stoel gelegd, met de schoenen eronder. Ze was in de kerk gekomen met Agnese en Francesco, haar sluike zwarte haar netjes bijeengebonden en een hoofddoek om, want het is al een jongedame, en bij de deur waren ze toen uit elkaar gegaan, hij naar rechts en de zussen naar links. De kerk was vol wierook en mensen, en zij kende niemand. Na de mis waren ze samen naar de pastoor gegaan om haar aan hem voor te stellen, en hij had gezegd welkom, je zult het hier vast naar je zin krijgen.

Toen Francesco en Agnese zelf pas in Rome waren aangekomen, hadden ze hetzelfde gedaan, het eerste wat je te doen stond, jezelf voorstellen aan de pastoor. De pastoor had door de kleren die ze droegen, door hun voorzichtige Italiaans en de uitspraak van Francesco, meteen doorgehad waar ze vandaan kwamen, uit welk hoekje van de wereld en uit wat voor familie. Daarna had hij nog wel wat dingen gevraagd, te horen gekregen, de sollicitatie van Francesco bij het ministerie, de bruid die nog steeds geen kinderen had gebaard. Don Pietro had gevraagd of ze iemand kenden, of ze hier dorpsgenoten hadden, of familie. Francesco had gezegd een schoolvriend van mij, en hij had een kaartje uit zijn zak gehaald, met de naam en het adres, maar don Pietro had gezien dat die ergens bij de Via Nomentana woonde, en hij had bedacht dat ze hier iemand nodig hadden, in de wijk, en hij had gezegd ga maar naar Nando Cabras, om kennis te maken met hem en zijn gezin, twee kinderen zo mooi als engeltjes, een metselaar, en goede mensen, zij komen ook van het eiland. Nu had Agnese een zus meegenomen, uit het huis in het dorp met de vele dochters, de ezel en de moestuin, een zus die er pienter uitzag. Laten jullie haar naar school gaan? Ze hadden geantwoord nou en of ze gaat studeren, ze is altijd de beste geweest, ze moet de middenschool afmaken en dan zien we wel, misschien kan ze nog wel verder gaan.

Op de zondag na die bijeenkomst bij de vader van Antonio thuis, op 23 september 1943, toen de vader van Antonio had gezegd we moeten iets doen, toen zei Rita tegen Ida don Pietro helpt ons ook en dat leek Ida heel normaal.

13

Op 23 september 1943 stond Ida in de rij voor het brood en toen was
Giacomino bijna tegen haar aan gebotst, hijgend en groezelig, hij
had gezegd Ida voor de avondklok komen we bijeen bij Michele
die van de bioscoop, hij hep ons wat te segge en hij moak ook wat te
ete.

Ze had aangeklopt, met onzekere handen en een opgewonden
hart, en er was opengedaan door Antonio, met een glimlach waardoor ze beefde en verstomde, waarna ze snel doorliep naar de
woonkamer. Naar de woonkamer van twee mannen alleen, die
zonder een vrouw in huis wonen, een beetje netjes en een beetje
rommelig, vol mensen met vurige gezichten, die zachtjes praatten
terwijl ze heel veel met hun hoofd en hun handen bewogen. Daar
was Ivano met Renata, daar was Ercole en twee van zijn jongens
van de drukkerij, daar was Gino, de zoon van de slager, daar was
de moeder van Aldo met haar man, en Martino, een Sardijnse jongeman die bij de carabinieri zat en die was weggelopen uit de ka-
zerne. Op 10 september had hij bij de Porta San Paolo meegevoch-
ten, in de strijd van de Romeinen om te proberen het Duitse leger
tegen te houden dat de stad wilde binnenvallen, maar het was
evengoed binnengevallen. En Nando Cabras had Martino toen laten onderduiken in een stilgelegde bouwplaats aan de Via Acqua
Bullicante, en Martino wilde opnieuw vechten, en hij had Ida aan-

gekeken op een manier waardoor ze zich geneerde, en toen had ze zich afgevraagd waarom zij zich eigenlijk zou moeten generen.

Zo'n beetje iedereen was even gestopt met praten, en had zich omgedraaid naar haar, zij had goedenavond gezegd en was gaan zitten. Antonio was naast haar komen zitten en terwijl haar wangen weer hun eigen kleur kregen na die hevige emotie had hij zachtjes in haar oor gefluisterd ik wilde dat jij ook kwam, het is belangrijk.

En zij had gedacht hoezo wat wil je? Ze hadden elkaar niet meer gezien sinds die middag vol licht aan het eind van de zomer, woensdag, twee weken eerder, toen ze elkaar waren tegengekomen bij de tramhalte, en hij van veraf naar haar had gezwaaid, alsof hij haar amper kende. Twee weken waren er verstreken sinds ze in de tram had gehuild, en ze heeft het idee dat ze nog steeds niet is opgehouden, wanneer ze hem zogenaamd per ongeluk in de ogen kijkt, in die grote blauwe ogen van hem, die lijken te zijn overspoeld met oneindigheid.

Michele, de vader van Antonio, had gezegd we motte d'r met se alle wat tege doen.

Toen ze uit de tram was gestapt, twee weken eerder, toen ze elkaar waren tegengekomen bij de tramhalte, Ida stapte uit en Antonio stapte in, toen was ze rechtstreeks naar Rita's huis gegaan, de drang om hardop die dingen te zeggen die aan haar ogen en haar buik knaagden. Rita en haar moeder Renata hadden wat tomaten gevonden en die waren ze in grove stukken aan het snijden om er pastasaus van te maken, en ook Annina hielp mee. Over een paar weken, dachten ze, dan is alles misschien voorbij en begint de school weer en heeft Renata op tafel weer de proefwerken van de kinderen liggen om na te kijken. Omgeven door de geur van tomaten had Ida gezegd ik kan het niet geloven dat hij me niet wil, ik kan het niet geloven. Weet je wanneer het volgens mij is gebeurd dat hij me ineens niet meer wilde? Toen ik tegen hem zei dat ik niet wou trouwen, dat ik daar niks om geef, ik denk dat het daardoor komt. Hij zei voor de grap ik kan niet met je trouwen, schat, want je bent een sardientje, ik zei voor de grap pff, ik wil niet eens trouwen, man. Volgens mij komt het daardoor. Vanaf toen heeft hij me niet meer opgezocht, de hele winter heeft hij me niet opgezocht, en ik wist niet meer of ik nu verkering had of niet. Maar ik zei er toen niet bij dat ik juist wel mijn hele leven bij hem wil blijven, tot we samen oud worden, tot we ons haar en de kleur van onze huid verliezen. Laat maar meisje van me, blijkbaar was hij toch niet de ware, had Renata gezegd. En toen ik hem later daar tegen de muur aan zag leunen, zijn ogen helemaal stralend, toen hij stond te kletsen met Rosa Saracino en haar broer en alleen maar naar haar keek, toen deed hij net of hij mij niet zag, ik kon het niet geloven. Alsof hij mij niet kende, ik kan het niet geloven. Die stuntelige griet, had Rita gezegd, die heeft handen van kruimeldeeg. En Annina moest lachen, en daardoor moesten zij ook lachen.

63

Annina die had al sinds juli, sinds de ochtend dat ze met haar vriendinnen op straat speelde en de bommen op de Via delle Acacie waren gevallen, en ze het stuk muur had gezien waaronder de moeder van Teresa verpletterd werd, Teresa die naast haar zat in de klas, en die moeder die ze elke dag bij de ingang van de school zag, al sinds die ochtend had ze niet meer gepraat, en had ze een andere blik in haar ogen, alsof ze niet keek, alsof ze niet luisterde, alsof ze er niet was. Een blik waar Ivano gek van werd, waar hij niks van snapte, mijn kleine meid, mijn kleine meid, mijn kleine meid. Hij had haar geknuffeld, omhelsd, hij had haar zachtjes toegesproken, hij had haar ernstig toegesproken, hij had haar boos toegesproken. En zo was hij blijven doen, alsof hij boos was, op zijn jongste dochter, hij praatte niet meer met haar, keek niet meer naar haar, had het niet meer over haar. Af en toe, 's avonds na het eten waarbij hij met de anderen had zitten babbelen en net had gedaan of er niets aan de hand was, vroeg hij aan Renata hoe gaat het met haar, nou hoe denk je dat het met haar gaat, vraag zelf maar, en dan sloeg hij met zijn vuist op tafel, en ging de deur uit. Hij dacht als de oorlog voorbij is, als deze oorlog voorbij is wordt ze weer de oude, mijn kleine meid. Na 8 september had hij bij de eerste mensen van Centocelle gezeten die in actie waren gekomen, die iets hadden ondernomen, en alle maanden daarna ook bij degenen die de contacten onderhielden tussen de achtste zone, de hunne, en het centrum.

Het nieuws van de wapenstilstand had Ida, net als de anderen, op die 8ste september vernomen via de radio in de trattoria aan de Piazza dei Mirti. Dagenlang waren ze aan het discussiëren, probeerden ze het te begrijpen, vroegen ze zich af wat ze nu moesten doen, is deze oorlog nu voorbij of niet? En hoe kan hij voorbij zijn als die Duitsers hier nog steeds zijn? Die hebben zelfs Mussolini bevrijd, en nu is er ineens die Italiaanse Sociale Republiek, wat is dat dan? En premier Badoglio en koning Victor Emanuel III zijn gevlucht, gevlucht, de koning is gevlucht, allemaal naar Apulië. En nou hebbe se het leger opgehefe, wat motte die soldaten dan? Is het voorbij of is het niet voorbij?

De oorlog leek voorbij, al in juli leek hij voorbij te zijn, wat een feest hadden ze gevierd op 25 juli toen Mussolini was gearresteerd. Toen was het gerucht gekomen dat ze zich gingen organiseren, ook met wapens, want we willen geen nieuw fascisme, en die Duitsers moeten terug naar huis. Toen het bevel, voor de soldaten, om weer te komen vechten voor de Sociale Republiek, met se hoefele sijn se wel niet, je sal sien dat se niet nog een keer met Mussolini meegaon, maor se kenne natuurluk ook niet naor huis toe. Je zult zien dat ze ervandoor gaan, dat ze gaan onderduiken, ze blijven in Duitsland, of ze proberen terug te keren van het front in Frankrijk, in Griekenland, in Joegoslavië. Je zult zien dat ze ervandoor gaan, ze zoeken een huis, waar ze ook zijn, ze zoeken iemand die hun onderdak voor de nacht verschaft en burgerkleren. Je zult zien dat ook zij voor het verzet kiezen, de illegaliteit. Bij mij hep d'r een aangeklopt, wat had ik dan motte doen, ik hep de fliering voor 'm opengemaokt en ik hep d'r dekens neergelegd as een matras, ik hep 'm eete gegefe en kleere, maor die arme stakker wou alleen maor terug naor se eige huis.

En de Amerikanen zullen komen, over een paar dagen, een paar weken.

14

66 De vrouwen hadden de luiken van hun vlieringen opengemaakt
en ook de buurvrouw van Agnese, de moeder van Gino de slager,
ze had tegen haar gezegd hij is hierheen gebracht door Gino, hij
zegt dat het een arme stumper is, een weduwnaar, hij heet Bernar-
do maor se noeme 'm Betto, hij is de soon fan goeie mense uit de
Quadraro, wat mos ik dan segge? Met de moeder van Gino was
Agnese al vanaf het begin bevriend, allebei waren ze hun man
kwijtgeraakt door de oorlog, allebei wilden ze dat er een eind aan
kwam. Maar Francesco van Agnese was een fascist geweest, en Agnese had er nooit wat van gezegd, iedereen was fascistisch, de een
wat meer, de ander wat minder, vóór de oorlog en ook tijdens, en
nu pas, dacht Agnese, heb je die partizanen, in Rome is iedereen
uiteindelijk een partizaan. Dat de buurvrouw iemand op de vliering verstopt had zitten, iemand die illegaal was, iemand die werd
gezocht, daar was ze van geschrokken, ze had gezegd het was beter geweest als ik het niet wist. Toen op een avond toen ze bij haar
thuis hadden gegeten, de weinige dingen bij elkaar gevoegd als
avondeten, de twee families samen om steenkool uit te sparen, de
ramen dicht, toen waren ook Gino en Betto de partizaan erbij, en
als je hem zo zag leek hij Agnese geen bandiet en ook niet angstaan-
jagend. Betto had verteld van hoe hij had moeten vluchten, in
maart, uit zijn huis in de Quadraro, met anderen die zaten onder-

gedoken in het ziekenhuis daar in de buurt, maar hij was ook bang geweest voor de tbc-lijders, en toen had Gino hem opgevangen op de vliering bij hem thuis. Hij had nogal een kinderlijke, komische manier van praten waardoor ze moesten lachen, hij liet zelfs de treurige dingen nog grappig klinken, en aan het eind van de maaltijd had hij hen allemaal voor zich gewonnen, Agnese, Ida en de moeder van Gino. En toen was Gino met hem begonnen te praten, een gesprek dat ze zo te horen al wel tien keer hadden gevoerd, en Ida had Gino nog onaardiger gevonden, terwijl hij kwaad werd op Betto omdat die niet meer actief strijd wilde voeren, maar hij beschuldigde hem op zachte toon, zodat de vrouwen hem niet zouden horen.

Ida keek naar Agnese en vroeg zich af wat zij dacht, van die manier waarop iedereen hier de dingen deed, ze hadden het er samen nooit over gehad, sinds Francesco dood was hadden ze nooit meer gepraat over de dingen die gebeurden. Ze had teruggedacht aan een avond in mei 1939, na het eten hadden Ida en Francesco ruzie gehad en hij zei steeds dat het kwam door die lui met wie ze omging, dat ze zoveel kuren had, en door die boeken die ze stiekem las, wat dacht ze dan, dat hij dat niet wist? Ida had naar Agnese gekeken, maar Agnese hield haar hoofd gebogen. Ze had zich volkomen alleen gevoeld en verdrietig, en ineens had het allemaal ellendig gevoeld, dat huis en die stad die niet de hare was, die man die haar vol minachting behandelde en die niet haar vader was, en ze huilde om haar moeder en haar vader en de hemel boven haar huis, haar andere zussen en de fijne tijd van voor de oorlog, en de honden. Ida wist niet eens meer hoe het was om te leven zonder angst, zonder honger en met de huizen nog overeind.

In de herfst van 1943 waren er maar een paar scholen weer opengegaan, pas laat, en Ida was er niet meer naartoe gegaan, en Rita ook niet, en mevrouw Adele, bij wie Ida het jaar daarvoor werkte in haar vrije tijd, ze poetste het huis, had haar niet meer gevraagd en de dagen bracht ze door met zoeken naar iets eetbaars en met zoeken naar informatie, wat er gebeurde, wat er gedaan moest worden. De drukkerij van Ercole was uitgekozen om *L'Unità* voor heel Rome-Oost en -Zuid te drukken en Ida bracht haar middagen daar door, en later gingen zij en Rita ze rondbrengen, de nog warme kranten verstopt tussen de vieze kleren in de mand, of onder de kleren die ze aanhadden. Te voet of op de fiets, het waren lange tochten 's ochtends vroeg door de wijken, hun eigen wijk en de aangrenzende, die ze niet kenden en waar ze nu de weg leerden. Blij wanneer de zon opkwam en warm werd en ze hun sjaal af konden doen. Overtuigd dat de Amerikanen ons zullen redden lang voordat de winter komt. Blij wanneer ze terugdachten aan al die keren dat ze samen naar school waren gelopen, van de Porta Maggiore naar de Via Appia, want in het jaar dat Rita op de kweekschool aan de Via Appia Nuova was begonnen en Ida nog op de middenschool zat, in Centocelle, toen liep Rita altijd in haar eentje, anders zat ik opgescheept met Rosa Saracino en haar vriendinnen, nou dan weet je het wel.

De weg naar school was in de eerste dagen dat Ida ook naar de kweekschool aan de Via Appia Nuova ging een grote ontdekking, ze vond het helemaal niet ver, en een mooie weg, vond ze het, onder de Porta Maggiore door en dan kwam je zo Rome binnen. Onder het lopen voelde ze af en toe met haar hand aan de keien en haar hart raakte ervan vervuld, en haar vriendin keek haar een beetje bevreemd aan. Ze was ook zo opgewonden omdat ze nu toch doorleerde, zeker weten het enige meisje van haar dorp dat verder was gekomen dan de middenschool, aan de brieven kon ze merken dat haar ouders er trots op waren, ze vertelden het vast en zeker aan iedereen, misschien heeft de meester het ook wel gehoord.

Op die nieuwe school had ze zich eerlijk gezegd wel wat verloren gevoeld en een beetje ongelukkig, en in de pauze had iemand haar uitgescholden voor sardientje, en boerentrien hadden ze haar ook genoemd, en Rita had gezegd je moet het niet zeggen, dat we uit Centocelle komen. Ida had Centocelle juist meteen geweldig gevonden, het centrum van Rome vond ze opwindend en ontroerend, af en toe liep ze tot aan de rivier, tussen de steegjes door kwam ze op een dag ineens uit voor het Pantheon, haar hart ging sneller kloppen, maar ze voelde zich altijd een beetje vrijer en vrolijker als ze daarna weer naar huis ging, in de Via dei Pioppi. Die zomer van 1938 kon ze gewoon niet wachten om weer met school te beginnen, en lezen en studeren en haar klasgenootjes naast haar en de meester, ze moest altijd denken aan de meester, de school met de meester erbij. De twee jaar op de middenschool, in Centocelle, waren echt zo geweest als ze had gedroomd, ze had de hele dag wel in de klas willen zitten.

Maar toen, daar in de wijk San Giovanni, op de nieuwe school, waren haar klasgenoten allemaal jonger doordat zij een jaar niet naar school was geweest, van begin af aan was het een wereld geweest die haar afwees en ze had zich verloren en alleen gevoeld, en de lerares Italiaanse taal was een vrouw die urenlang praatte zonder ooit van toon te veranderen, en Ida haalde steeds vaker cijfers die maar net voldoende waren, een schande eerst en daarna een gevoel als van opstandigheid, alsof ze zei wat kan mij het schelen, jullie zijn degenen die er niks van snappen. Het fijnst was de weg die ze samen met Rita aflegde, of in haar eentje op de dagen dat Rita niet ging, midden tussen de velden door met de tram richting de lage huizen daarginds. Of gebakjes eten die ze kocht bij het bakkertje achter de school, waar ze werd geholpen door een jongen die haar altijd aan het lachen maakte. Het was fijn dat in elk geval iemand, daar, haar erkende, wist dat ook zij in deze grote, volle stad woonde. De hemel van Rome was mooi in november, met de kleuren die veranderden en schitterden als een sjaal voor de feestdagen die lichtjes over haar schouders viel en haar rust gaf, wanneer ze vervuld was van irritatie om de dingen die de meisjes in haar klas hadden gezegd, de onverschilligheid van de leraren, de domheid van die twee thuis.

15

Bij dat bakkertje hadden ze op een ochtend Micol leren kennen, die 71
Ida weleens voor de school had zien wachten op haar vriendinnen
om samen op te lopen, en ze kende haar als iemand die altijd een
heleboel vriendinnen om zich heen had, van die meiden met glimmende schoenen en leren tassen, van die meiden waar zij en Rita
met een grote boog omheen liepen, of misschien was het anders-
om. En dat ze joods was, wisten ze, en tot het jaar ervoor had ze bij
hen op school gezeten, maar toen kwamen die wetten, en toen
mocht ze er niet meer naartoe. Micol had haren van goud zoals Ida
ze nog nooit gezien had, heel sluik, die altijd probeerden te ontsnappen uit de dunne vlechtjes waarin ze gevangenzaten, en haar
ogen leken in de zon haast van dezelfde kleur, helemaal geel leek
Micol voor Ida, een koolzaadveld in december. Die ochtend was ze
bij het bakkertje zonder vriendinnen, en ze had iets droevigs over
zich, een somber licht in haar blik terwijl hij die van Ida had ge-
kruist, en even hadden ze zich aan elkaar gespiegeld. In de tram
was Ida helemaal blij vanwege dat nieuwe contact, terwijl Rita
haar zwijgend aankeek en dacht ik weet het nog zo net niet met die
griet, ze is me te rijk en te blond en ook nog jonger dan wij.

Toen Micol haar op een middag had gevraagd of ze bij haar
thuis kwam studeren was Ida zo opgewonden als voor een dans-
feest, en ze had het met een lachje gezegd tegen Agnese en Frances-

co, tegen Agnese die dacht nou krijgt ze helemaal kuren, nu ze bij de rijken thuis komt, tegen Francesco die dacht eindelijk belandt ze bij mensen op stand, wat voor werk doet haar vader? hoe heet ze van haar achternaam? Ida antwoordde een beetje geïrriteerd, wat maakt dat uit en waarom zien volwassenen nooit de dingen die echt belangrijk zijn, maar bij de achternaam had Francesco een ander gezicht getrokken, zijn het joden, had hij gevraagd, en bij Ida was haat en verdriet opgekomen, wat heeft dat ermee te maken, wat doet het ertoe of het joden zijn, we zijn allemaal kinderen van God, en zij is mijn vriendin.

Dat Francesco geloofde in dat verhaal over de rassen kon ze haast niet geloven. Ze had het idee dat je alleen maar de Bijbel hoefde te lezen, naar don Pietro hoefde te luisteren, om zeker te weten dat het niet zo in elkaar zat. Je hoefde alleen maar boeken te lezen. Je hoefde ook alleen maar naar Ivano te luisteren, die weliswaar niet in de Bijbel geloofde maar wel de mensen kende, hij kende joden die in zijn werkplaats kwamen, en die zijn precies zoals wij, bezwoer hij, precies hetzelfde als wij. Je hoefde alleen maar een ochtend met Agnese stof te gaan kopen in het getto, een praatje te maken met mevrouw Gabriella die hun de stof verkocht. Hoe kon Francesco daarin geloven, in dat verhaal dat in de kranten stond, dat ze haar op school vanbuiten lieten leren, en dan moesten ze het allemaal opdreunen, maar dan zei Ida in haar hoofd altijd, om het idee te kunnen verdragen dat die vreselijke zinnen uit haar mond kwamen, dan draaide ze het in haar hoofd altijd om: Er bestaan *geen* verschillende mensenrassen, er bestaan *geen* grote rassen en kleine rassen, er bestaat *geen* zuiver Italiaans ras, de joden zijn *wel* Italianen net als wij, we laten onze fysieke en psychologische Europese kenmerken *wel* veranderen. Soms droomde ze ervan om verkering te krijgen met een joodse jongen en die dan aan Francesco voor te stellen om te zien wat voor gezicht hij zou opzetten, en in het drama van haar droom liep ze dan van huis weg en knalde ze de deur achter zich dicht, fier en trots.

Toen ze bij het huis was aangekomen, had Micol haar glimlachend aangekeken, en Ida was er verlegen van geworden.

Haar moeder was blond maar minder dan Micol, minder koolzaadgeel, de ogen groter en donkerder. Ze praatte en stelde vragen aan Ida, thee met koekjes, in welke klas zit je waar kom je vandaan en je familie, maar Ida had het idee dat ze niet naar de antwoorden luisterde. Toen had ze hen alleen gelaten, om niet te storen, heb je echt vier zussen? had Micol haar gevraagd, die er zelf niet eentje had, en ook nog twintig neven en nichten, Micol, en die zijn ook als broers en zussen. Ida had gezegd wat is je moeder mooi, en je vader? waar is je vader en wat doet hij?

Het was een enerverende middag, hun gebabbel was vol opwinding omdat ze elkaar gevonden hadden, omdat ze elkaar begrepen. Ze is prachtig, zo geel en zacht, dacht Ida. Ze is prachtig, zo donker en fijn, dacht Micol. Ze waren opgestaan om naar de slaapkamer van Micol te gaan, kom mee, Ida, ik wil je een boek meegeven. En de kamer was goud van het licht dat werd gefilterd door kleine, witte gordijntjes, meubels van licht hout, de ladekast, de spiegel, de witgelakte wastafel, de schriften, de pantoffels, de kam en de geurtjes, en overal vlinders, van stof hangend aan de muren, geschilderd op het hout, op het omslag van de schriften, op de handgreep van de kam. Aan de wand links een brede, nogal lage boekenkast, en zijn de boeken daarin allemaal van jou? heb je die allemaal gelezen? Er waren boeken die ze nog nooit had gezien, onbekende schrijvers, andere wel bekend maar nooit gelezen en Micol liep vastberaden naar de planken en haalde er een tussenuit, toen nog een, en ze verzamelde een stapeltje op een stoel, en Ida keek naar haar gele haren die recht tot op haar schouders hingen en bedacht dat ze een engel en een zus tegelijk was. Toen had Micol gezegd mijn moeder, mijn moeder praat bijna niet tegen me, sinds ik me kan herinneren praat ze bijna niet tegen me, en ze heeft een kamer waar ze in haar eentje slaapt en mijn vader is de hele dag weg hij komt terug voor het avondeten, we eten zwijgend en kijken naar ons bord.

Terugkomend in de woonkamer had Ida zich ineens een beetje ongemakkelijk gevoeld, nu zeg ik gedag en ga ik weg, had ze gedacht terwijl Micol de overgebleven thee inschonk, de grote ogen van haar moeder kwamen binnen, met een geluid van hoge hakken.

Toen was er uit de vertrekken achterin een meisje gekomen, ongeveer van haar leeftijd, hetzelfde zwarte haar, dezelfde olijfkleurige huid. Ze hadden elkaar aangekeken terwijl het meisje zei mevrouw ik ben klaar, als u niets meer nodig hebt ga ik, en ze zei het met een accent dat het hare was. Ik kom ook van Sardinië, had Ida tegen haar gezegd, en ze waren druk begonnen te praten in hun eigen taal, Benedetta heette ze, net als een van haar zussen, en Micol had niks gezegd en had zitten luisteren, nieuwsgierig en verbaasd, alsof ze het aan de ene kant lachwekkend vond maar aan de andere kant ook fascinerend, dat onverstaanbare taaltje, zoals vreemde, onbegrijpelijke dingen altijd lachwekkend en een beetje fascinerend overkomen. De moeder had gezegd Benedetta, val die jongedame niet lastig.

Op de terugweg, door de straten van het centrum en daarna in de tram, had Ida de hele tijd gehuild. Door het gezicht van Benedetta en het gesprekje met haar had ze een mengeling van tederheid en vertrouwdheid gevoeld, en had ze zo'n hevige heimwee gekregen als ze zich lang niet meer kon heugen, net zo erg als in het begin, een pijnlijk verlangen naar haar zussen, naar wier gezichten en stemmen ze een voor een had gegraven in haar geheugen, tussen de Piazza Venezia en de Porta Maggiore, het gezicht en de stem van Eleonora, van Benedetta en van Ines, een enorm verlangen naar haar akkers, die nu vast en zeker barstten van de artisjokken en de kikkers, naar de akkers en de hemel en de lucht, een pijnlijk verlangen naar de blik van haar vader, en om haar moeder te omhelzen. En gelijktijdig was er een onduidelijke, vage angst opgekomen, om de dagen die maar vergleden terwijl zij ver weg van hen was, nu echt ver weg van hen, en het was maar de vraag of en wanneer ze hen ooit zou kunnen vertellen over alles wat ze nu meemaakte.

Ze was vertrokken met het idee dat ze snel weer zou terugkomen en wie weet hoe groot haar zussen dan zouden zijn geworden, maar toen was de oorlog uitgebroken en in die zomer waarin niemand wist wat er zou gaan gebeuren hadden ze besloten af te wachten, en nu waren er vier jaren voorbijgegaan en alles was veranderd en alleen maar slechter, en nu Ida hier in die grot verstopt zat, de roerloze uren, nu voelde ze nog heviger de angst, dat ze hun lachende gezichten nooit meer zou zien.

16

76 Zij en Micol spraken eens in de week af, op dinsdag, en voor Ida
opende zich langzaam maar zeker een totaal onbekende wereld
van ouders die in verschillende kamers sliepen, van onverschillige
moeders, van een vriendin die een zus werd. En van gesprekken
over henzelf en over boeken en over vrijheid, ze praatten vaak over
vrijheid, over wat die kon betekenen voor twee meisjes zoals zij,
want in de boeken die ze lazen, op de bladzijden van de geschiedenis, waren het bijna altijd de mannen die konden reizen door de
wereld en doen en schrijven en denken, maar Grazia Deledda dan,
zei Ida, en Jane Austen en Sibilla Aleramo, zei Micol, en Eleonora
Duse, en wat ga jij doen wat kunnen wij doen om echt vrij te zijn,
maar dat zijn uitzonderingen, Micol, dat zijn echt geen gewone
vrouwen, en kunnen wij dan niet ook uitzonderingen zijn, Ida? ik
wil een uitzondering zijn. En over de liefde praatten ze, en over
vriendschap, vooral over die van hen, die iets geweldigs was. En
ze waren begonnen elkaar ellenlange brieven te schrijven, die ze
elkaar gaven als de school uitging, met een snelle groet, en ze
schreven elkaar alles, alles wat er gebeurde in de dagen dat ze elkaar niet zagen, wat ze dachten en voelden. Als een spiegel zijn we,
vriendin van me, we kijken in ons binnenste en dan weten we alles
al. Ook al bleef er bij Ida ergens diep vanbinnen iets duisters wat
haar erop wees hoe verschillend ze waren, en ook al die verhalen,

Micol, ik weet niet of ik het uiteindelijk echt voor elkaar krijg, ik, dat van die vrijheid en die uitzonderingen en dat allemaal, voor jou ligt het toch anders.

Nu begreep Ida een beetje beter haar momenten van droefheid, en ze gaf haar in alles haar zin, en ze wist dat Micol er dol op was om haar te horen vertellen over de meester, vertel nog eens over hem, beschrijf zijn stem, en over de ruzie met haar ouders, wat geweldig, Ida dat je zoiets tragisch en romantisch hebt meegemaakt, voor jou is het echte leven al begonnen. In het begin schaamde Ida zich een beetje om te vertellen over haar ouders en over het leven dat ze leidde, ze besefte dat ze arm was en bijna van een andere wereld, vergeleken met die van Micol, maar bij de herinneringen straalden haar ogen, en over haar zussen vertelde ze, over de moestuin en de honden.

En ze vertelde haar over Antonio, over die kus tussen haar oor en haar hals, over hoe groot en sterk hij was, zijn krullende zwarte haar, en ze vertelde over zijn schouder waar ze haar hoofd tegenaan had gelegd, en over hoe anders haar liefde voor hem voelde dan die ingebeelde voor de meester. Met hem was het een instinct dat geen woorden nodig had, een gevoel van veiligheid en vertrouwen, het verlangen om hem aan te raken, het blauw van zijn ogen dat ze vanbinnen wilde vasthouden, zijn wimpers. Micol vertelde haar over Diego, met wie ze verkering had en met wie ze ook al echt had gezoend.

Die zomer, de zomer van 1943, hadden Ida en Micol elkaar niet gezien, Micol was op vakantie aan zee, en in september, met de heftige gebeurtenissen van alle dagen, waren ze elkaar nog niet tegengekomen.

En toen was op de avond van 26 september ineens Nina, de dochter van de waard, binnengekomen in de trattoria aan de Piazza dei Mirti, ze werkte als dienstmeisje bij een familie in het centrum en was die ochtend knopen gaan kopen in een fournituren-zaak in het getto, en ze vertelde dat de joden op zoek waren naar goud om aan de Duitsers te geven zodat hun leven veilig zou zijn. Dat de Duitsers het leven van die joodse families wilden, dat geloofde niemand echt, in de straten van het getto, maar ze waren toch wel echt bang. Binnen een paar uur werd er in Centocelle, maar heus niet alleen hier, in heel Rome, had Nina gezegd, al goud bijeengezameld in alle huizen om het leven van de joden te redden, en iedereen vond wel iets, 't arrumbandje fan de kleine bij se geboorte, dat ik echt niet wou furkope ofer me lijk dat ik dat sou furkope, en vrouwen die hun trouwring niet aan de Duce hadden gegeven toen die dat gevraagd had aan alle dames van Italië, en hoe graag ze die nu wel schonken, bijna allemaal, sommige niet, maar sommige niet aan de Duce en nu wel aan deze mensen, opdat ze niet worden afgevoerd om te sterven. Anderen, die nog hier en daar gouden spullen verstopt hadden liggen, die hielden ze zelf, jao stel je foor seg, seker foor die lui die geeneens Italiaone sijn.

Ida had de fiets gepakt en was bergafwaarts de Via Casilina afgereden, ze vergat haar angst omdat ze zo hard ging. In de Via Merulana was ze twee Duitsers tegengekomen maar ze ging hard ze hadden haar niet aangehouden ze had het idee dat ze niets deden. Het huis van Micol, de voorgevel die uitkeek op de basiliek van San Clemente, de cyclamen op de vensterbanken, de ramen dicht. Ze zijn er niet, en wat moet ik nu doen, ze had de kou gevoeld aan haar vingers en haar neus en ze had hem aangeraakt, erover gewreven. Toen had ze de voordeur horen opengaan en Micol die zei gauw, kom binnen, en binnen leek het haar nog kouder dan buiten. De vader en de moeder stonden met de rug naar hen toe te praten, toen zij waren binnengekomen, en ze hadden zich omgedraaid en de moeder had boeken in de hand en had gezegd ik mag ze niet meenemen van hem. Meenemen waarnaartoe? We hebben besloten dat we weggaan, totdat er weer betere tijden komen. Ida had verteld dat heel Rome goud aan het inzamelen was, voor jullie, zodat jullie kunnen blijven. De vader van Micol, die Ida maar een paar keer had gezien, en die ze een lelijke man vond maar met een zachte blik, had gezegd ik heb er geen vertrouwen in, in de Duitsers, en ik geloof ook niet dat de joden van het getto dat bijeenkrijgen, al dat goud, vijftig kilo goud, in minder dan twee dagen, dat is onmogelijk, het is een valstrik, ze pakken ze een voor een, ze pakken ons een voor een, huis voor huis, en zijn blik was net zo zacht als de andere keren maar ook dof en bitter. Evengoed waren ze in de woonkamer gaan zitten en Benedetta had thee gezet, en waar ga jij naartoe? Ik ga met meneer en mevrouw mee, waar zou ik anders naartoe moeten.

Ida en Micol hielden elkaars hand vast op de bank en ze zeiden schrijf me ik zal je schrijven je zult zien het zal gauw voorbij zijn het zal gauw allemaal voorbij zijn en dan zitten we weer hier bij jou op de bank. Toen hadden ze allebei moeten huilen en de moeder van Micol had naar hen gekeken en had gezegd hou daarmee op.

Op 27 september hadden Ercole van de drukkerij en zijn zwager de auto gepakt en ze waren naar de Porticus van Octavia gereden, en daar stikte het van de mensen, ze waren er naar binnen gegaan, en er waren heel veel mannen, ze zeiden we hebben nog lang niet genoeg, ze zeiden die Duitsers, bedankt en een klap op de schouders. De volgende dag was het nieuws gekomen dat het die mensen toch gelukt was om vijftig kilo goud bijeen te krijgen, en iedereen had opgelucht ademgehaald, en Ida had gedacht nu hoeven ze niet meer weg te gaan. De ochtend daarna was ze vroeg de deur uit gegaan, ze fietste terwijl de zon achter haar opkwam, ze had achteromgekeken, de zon die omhoogklom en de kleur van de hemel boven de bergen aan het eind van de Via Casilina, ze had een heel lange omweg gemaakt om de straten te vermijden waarvan ze wist dat er Duitsers waren, in de Via Labicana was ze gestopt en weggedoken, en had ze een donkere auto voor het huis van Micol zien staan, en twee mannen in het zwart die erbij stonden, en terwijl ze langzaam en stilletjes dichterbij kwam had ze de vader van Micol met een keurig gekamde snor zien aankomen, en de moeder van

Micol met een hoofddoek om die bijna haar hele gezicht bedekte terwijl ze in de auto stapte en achter het glas verdween. Ze had Micol gezien die voordat ze instapte om zich heen had gekeken en een blik op het huis wierp, en de portieren die dichtgingen en niemand van hen had een koffer en de auto die vertrok, en Ida had zich plat tegen de muur gedrukt, zodat ze haar niet zouden zien, en ze snapte niet wie dat waren, die mannen die haar Micol meenamen. Ze was weer op haar fiets gestapt en ze wist niet wat ze moest denken en de zon stond nog laag en ze werd overmand door een gevoel van onmacht en bezorgdheid. Ze fietste langzaam verder, ze fietste tot aan de rivier en daar was ze gaan zitten en het water bewoog traag, het voerde haar zorgen niet weg en even voelde ze zich haast aangetrokken tot dat groene water, haast jaloers op die boomstronk die werd meegevoerd door de stroom, en ze bedacht dat ze maar beter weg kon gaan van die brede herfstrivier.

En daarna wist ze niet meer wat ze over Micol moest denken, ze hoopte en droomde dat die mannen in het zwart vrienden waren die haar in veiligheid hadden gebracht.

Op de ochtend van 16 december, tegen elf uur, was het opgehouden met regenen en kwam via de knecht via de winkelier via de melkvrouw het gruwelijke gerucht, in het jodengetto wordt iedereen afgevoerd, de Duitsers halen ze op met vrachtwagens. Ida had zich op haar fiets omlaag laten suizen langs de helling, om het Colosseum heen, en ze had een lange omweg gemaakt tot aan het Theater van Marcellus, en daar had ze het gezien, tientallen vrachtwagens, honderden mannen, met nazi-uniformen en nazibedoelingen, de schoten had ze gehoord, en ze had de mensen gezien, de mensen die in de vrachtwagens stapten, in hun pyjama, en hun kinderen die huilden, de oude mensen die langzaam liepen, de doodsangst vermengd met verbijstering, wat willen ze, waar brengen ze ons naartoe? Het is een valstrik, ze pakken ze een voor een, ze pakken ons een voor een, huis voor huis, een voor een, met hoeveel zijn we, meer dan duizend, alleen al in Rome, in het hart van Rome.

17

82   Aan Micol denkt ze vaak in de grot, aan hoeveel maanden er al verstreken zijn zonder ooit een bericht, aan de gesprekken die ze hadden, aan de stralende stemming die er altijd tussen hen hing. Aan de ochtend dat ze zag hoe Micol zich omdraaide en naar de cyclamen op de vensterbanken keek voordat ze in een donkere auto stapte. Ze stelt zich voor wat er nu van haar geworden kan zijn en elke keer is het een ander verhaal, ze weet niet wat er waar is en ze is altijd bang, en ze vraagt zich af of Micol ook bang is of is geweest, in die maanden, want waar zit je toch, vriendin van me, misschien ondergedoken op een fatsoenlijke plek of in een hol nog erger dan dit hier, misschien vrij aan de andere kant van de oceaan of voortdurend op de vlucht van de ene stad naar het volgende dorp.

    In de grot, de eerste dag dat ze hier sliep, werd ze midden in de nacht wakker na een lange, diepe slaap waarin ze was gezonken nadat Rita was weggegaan, nadat ze met haar de bouillon had gegeten die ze had meegebracht toen de avondklok al was ingegaan, en toen had Ida zich zo uitgeput gevoeld, dat had ze niet verwacht, even daarvoor, met al die opwinding in haar lijf. Haar dromen herhaalden de beelden van alles wat die ochtend was gebeurd en vermengden ze met andere dingen, die niet gebeurd waren, en ze werd wakker terwijl ze probeerde te schreeuwen, in haar droom had ze een zwak, schor geluid voortgebracht, terwijl ze droomde dat er iemand naast haar stond en naar haar keek. Ze was wakker geworden en was roerloos en doodsbang blijven liggen, urenlang, ze schrok van elk geluidje, ze rook de vochtige lucht en de muffe stank, ze voelde wanhoop en een vreselijke buikpijn.

En ze herinnerde zich haar oma, op een zomeravond, de avond dat die tegen haar zei weet je, meisje van me, waarom ik die fascisten zo haat? Het koude zweet was Ida uitgebroken, want ze had nog nooit iemand op zo'n manier horen kwaadspreken over de fascisten, ze wist dat dat niet hoorde, dat papa en mama boos zouden worden, en de hemel was lichter gekleurd, de zon was verschenen vanachter de grijze wolken. Ik haat ze omdat ze op een dag met de auto door de Via Roma reden, een auto vol zwarthemden, er was er ook een bij uit het dorp, de mensen bleven staan om ze te groeten, de rechterarm omhoog. Voor de wijnzaak staat Luigina met de blote voeten, je weet wel wie, die een beetje gek is, die altijd voorooploopt in de processie, als er een hond op haar afkomt is ze bang en ze maakt van die rare bewegingen en grimassen dat het net lijkt of ze lacht, de fascisten dachten waarschijnlijk dat ze lachte, dat ze hen en de Duce uitlachte en niet haar arm omhoogstak om te groeten. Ze stapten met drie man uit, slaan en schelden, en maar slaan, en maar schelden. Twee maanden later was ze dood, Luigina, niet door de klappen. Haar oma vertelde dat hele verhaal in hun eigen taal: *sa pippía, una macchina prena, Luigina sa scrutza, paríada ca fíada arriendisíndi, is cróppusu, is cróppusu, sciadàda, Luigina.* En toen hief ze haar ogen ten hemel, dat ze maar door onheil getroffen mogen worden, had ze gezegd, *ndi ndus cabi gutta.* Ellendelingen, *malladíttusu.*

Het geluid van haar gedachten en dat van de ratten kent ze intussen, maar dat van de angst is stil en dicht en het gaat nooit weg, ze wacht op de ochtend alsof die het einde van alles met zich zal meebrengen. Ze concentreert zich om lichte gedachten in haar hoofd te houden, om de ontzetting uit te bannen, en ze begint te denken aan Agnese, dat die zo veranderd is de laatste jaren in Rome, zou ik zelf ook zo veranderd zijn, of ben ik nog steeds hetzelfde meisje dat lachend met haar neefjes en nichtjes speelde.

18

Als de dag al een paar uur op weg is, met het lichtstraaltje dat van
bovenaf binnenvalt, loopt Ida een stukje verder de grot in, om rond
te kijken, om de benen te strekken. Ze kan niet bevatten hoe groot
het is, hoe lang de gangen zijn, en hoe breed. Ze weet dat de grotten
gigantisch zijn, ze weet dat er paddenstoelen worden gekweekt en
dat ze onder hele wijken door lopen. Maar het is donker en met die
angst die ze blijft voelen loopt ze maar een klein stukje, en dan gaat
ze gauw weer terug. Rita heeft gezegd dat het voorbij is, dat de
Amerikanen al over een paar dagen, maar ze zeggen al jaren dat hij
voorbij is, al jaren, deze oorlog die een paar maanden had moeten
duren, en sinds september is alles alleen maar nog moeilijker en
zwaarder geworden. En als het niet waar is, dat van die Amerikanen, dat ze eraan komen en dat ze ons zullen bevrijden en dat er
een nieuw leven begint en dat we op straat gaan dansen? En als de
zomer voorbijgaat zonder dat er iets is veranderd? Alleen de doden dan, en daar komen er nog veel meer van. Stel dat ik hier niet
meer uit kom, uit deze grot van puzzolaan en water?

De tunnel maakt een bocht naar links en wordt breder en Ida
ontdekt in de wand een stroompje water dat omlaag loopt, en ze
gaat ernaartoe om ervan te drinken, de handen als een kommetje,
en dan schiet haar te binnen dat toen zij en Rita hier gingen spelen,
dat dit toen hun badkamer was, en ze speelden dat het water-

stroompje uitkwam in een witgeëmailleerde metalen kuip, en ze stelden zich de toilettafel voor met de haarborstels en de poedertjes en de geurtjes, een raam in de stenen wand om naar de valleien te kijken. Dan vraagt ze zich af hoelang ze het nog kan volhouden en ze denkt aan die gezichten die ze in de vrachtwagens heeft zien stappen en dan moet ze weer huilen en onder het huilen denkt ze aan haar zus Benedetta die zegt doe de kraan dicht, en dan verschijnt er een soort glimlach bij haar. Ze vraagt zich af hoe het kan, als ze allemaal ondergedoken zitten, hoe het dan kan dat er niemand hierheen is gekomen, ze vraagt zich af op hoeveel plekken in de grotten er partizanen ondergedoken zitten, en zijn er misschien ook nog andere vrouwen? Daarna eet ze de laatste aardappel op en daarna weet ze niet meer wat ze moet doen, en gaat ze alleen maar op Rita zitten wachten, en zich afvragen Rita waar ben je toch? En don Pietro, waar bent u toch? Ze zijn vast allemaal opgepakt, ze zijn vast allemaal dood. Antonio.

De gedachte aan hem is een moment van tederheid, haar maag die schokt in haar buik, ingehouden adem. Dan welt de jaloezie op die een gat in haar borst slaat, als ze weer voor zich ziet hoe hij met Rosa Saracino staat te praten, hoe is het mogelijk dat hij die griet wil, want nou ja, ze is wel mooi, maar ook weer niet zo heel bijzonder, ze is wel elegant, maar ze zegt nooit iets als er jongens bij zijn, haar pasgestreken jurkje, haar nylonkousen en haar netjes gekamde haren. En trouwens, hoe is het mogelijk dat hij niet siddert bij de herinnering aan ons? Of zouden zij samen ook al herinneringen hebben, Antonio en Rosa? Rosa met haar pasgestreken jurkje en haar broer met zijn fascistische uniform, helemaal perfect, waar de gespannen spieren van zijn schouders goed in te zien zijn. En hij was er gewoon bij gebleven, bij het fascistische leger, de broer van Rosa Saracino, ook na de wapenstilstand, en hij was naar het zuiden gestuurd om de geallieerden tegen te houden, in feite is hij té-gen ons, en als Antonio hem op straat tegenkomt dan vermoordt hij hem misschien wel, de broer van het meisje dat hij leuk vindt, en dat ben ik niet.

19

88   Ida weet niet wat ze moet doen in de grot, ze zit met de nagel van
haar linkerduim die bloedt, van het vele bijten. Ze zit met een zin
die haar niet loslaat en die luidt straks is het allemaal voor niks, en
die maakt haar overstuur. Ze zit met haren waar ze niet meer met
haar vingers doorheen kan ook al zijn ze sluik, zo smerig zijn ze.

Ze herinnert zich een middag in november, ze was zeven jaar,
het regende al twee dagen en de moestuin was onder water gelopen, en 's avonds toen ze naar huis gingen ontbrak een van de honden en zij weigerde weg te gaan voordat ze hem had gevonden en
bij de andere honden onder het afdak had gezet. Haar vader was
bij haar gebleven terwijl haar zussen en neefjes en nichtjes alvast
teruggingen op de kar, en hij had haar lachend opgepakt toen ze
was gestruikeld en onder de modder zat en tranen in haar ogen
had gekregen, en toen had zij met hem meegelachen, en later wist
ze niet of ze nu blij moest zijn vanwege die ogenblikken alleen met
haar vader, die vrolijk en zeldzaam waren geweest, of juist verdrietig vanwege Mela, de hond, die niet meer was teruggekomen.
Haar haren vol modder, hetzelfde gevoel tussen de vingers, maar
thuis werd er water opgezet om een warm bad te kunnen nemen,
anders zou ze misschien nog iets oplopen. Mama een beetje geër-
gerd want zoiets is toch niet normaal, al die liefde voor een hond,
voor een beest.

Dan denkt ze aan de dag dat San Lorenzo is gebombardeerd, de dag dat Francesco is doodgegaan, toen ze langs een restaurantje was gelopen, een heel klein kindje met enorme ogen, diepblauw, met een verschoten hemdje, een versteld broekje en blote voetjes, een balletje in zijn knuistje, huilend op de arm bij zijn moeder, een kleine vrouw zonder kousen en zonder hoed. Hij huilde en schreeuwde Bíí! Bííí! Bíííí!, en de waard had tegen Ida gezegd 't huis fan mefrouw Ida is ingestort, en hij huilt omdat se hont nog binne sat, en Ida had het idee dat hij het verwijtend zei, maar ook met genegenheid en medelijden. Zij had gezegd ik heet ook Ida, maar de waard luisterde al niet meer naar haar. Het was zo mooi en grappig, dat jongetje, met een gezichtje dat ze nooit meer is vergeten. Ze bedenkt dat ze hem weleens zou willen terugzien, erachter komen hoe hij heet, en waar ze zijn gaan wonen, hij en zijn moeder, toen ze ineens geen huis meer hadden. Hoeveel mensen zijn er wel niet die in één klap geen huis meer hadden, en dus helemaal niks meer, en moeders die niet weten wat ze tegen hun kinderen moeten zeggen.

En kinderen die geen moeder meer hebben, zoals Rocco, het zoontje van Betto, zijn moeder omgekomen in een schuilkelder die was ingestort door een bom, kleine Rocco die elke keer zo stevig zijn armpjes om Ida heen klemde, terwijl hij haar amper kende, en die altijd moest huilen als ze dan weer wegging. Ze was ergens half april voor het eerst naar het huis van Betto gegaan, toen hij op een ochtend had aangeklopt om te vragen Ida, wil je iets voor me doen, bij mij thuis weten ze niet eens waar ik ben, ga naar ze toe en zeg in elk geval dat alles goed is met me. Agnese had tegen hem gezegd jongeman als je echt zo bang bent voor de Duitsers zou je wat meer verborgen moeten blijven zitten en niet zomaar bij andere huizen op bezoek gaan en in elk geval niet bij mij thuis en ze had tegen Ida gezegd je moet niet gaan je moet je er niet in mengen. Maar Ida was Rita gaan ophalen en samen waren ze naar de Quadraro gegaan, een wijk die Rita kende omdat haar opa en oma er woonden, en later alleen nog haar oma, na de razzia van 17 april.

Door het raam van een huis met twee verdiepingen had meteen een mevrouw naar buiten gekeken, haar ochtendjas even donker als haar gezicht. Ida had gezegd mevrouw Mariuccia we zijn gestuurd door uw zoon Betto. Toen was de deur opengegaan en Mariuccia had zachtjes gepraat gauw gauw kom binne kom binne ga sitte. De pantoffels van haar man Franco, bij een ervan was de zool er half af, de cichoreikoffie al klaar, wie zijn jullie wat weten jullie we hebben Betto niet meer gezien sinds die vreselijke dag. Ida had verteld en er was weer enthousiasme geslopen in Mariuccia's woorden en uitroepen en op het laatst was het vooral zij die nog praatte, onse soon Betto, Ignasia, se frouw, die is onder een schuilkelder geblefe, 't was die enorme klap, hoefeel mense sijn daar niet onder geblefe, hij hep sich bij het furset gemeld, om Rome te befrijde, dat segt-ie, wat weet ik erfan, 't is een draoma. Die kleine niet, die kleine hep 't oferleefd. Ze dronk niet eens van haar koffie, mevrouw Mariuccia, ze praatte en praatte maar. 't Is een draoma dat die arreme Ignasia dood is, en dat die kleine geen moeder meer hep, moar dat Betto bij 't furset is gegaon hept-ie goed gedaon, 't sou een draoma sijn as-tie fasisties was geworre. De zon klom hoger en zij bleven maar praten, de oorlog is bijna voorbij, en Rocco, dat arreme kind is nog geen drie, hij leg nou te slaope, arrem kind, liefeling fan se oma. Franco zat met de ellebogen op tafel, hij schoof met zijn pantoffels over de vloer alsof hij een ritme volgde, langzaam. De zwaluwen krijsten, er blafte een hond, de hemel werd blauw.

Ida vraagt zich nu af hoe zal het met Rocco zijn, en ze glimlacht bij de gedachte aan Betto die luchtigheid en plezier had gebracht in die bange, vermoeide levens van hen.

Ze krabt op haar hoofd en ze voelt de buikpijn die erger wordt, een buikpijn die zij altijd *brutta voglia* had genoemd, 'akelige zin', voordat ze naar Rome was gekomen, waar ze had geleerd dat je moest zeggen dat je misselijk was. Akelige zin vanwege de vochtigheid, de muffe stank, het bloed aan haar duim, de vettigheid van haar haren, de zinnen in haar hoofd, de angst vermengd met de verveling, de honger, die nu nog niet zo heel erg is maar als Rita niet terugkomt... Ze bedenkt als Rita komt dan zal ze zeggen dat het misschien wel wat overdreven is, om hier opgesloten in die grot te blijven zitten, ze komen me immers heus niet zoeken in Centocelle, de Duitsers, en ik kan bij iemand thuis onderduiken, een vliering zou al geweldig zijn. Ze krijgt het verlangen om een brief te schrijven en alles aan Agnese te vertellen, en die misschien later ook over te schrijven voor mama en papa. En Benedetta en Ines, zouden die nog wel weten wie ik ben, wat voor meiden zouden dat zijn geworden, ze zijn in elk geval samen, altijd al onafscheidelijk.

Ze gaat liggen maar ze wil niet slapen, ze begint zachtjes te zingen.

20

92 Ze wordt wakker als het donker is, het is nacht, er schijnt niets. Ze weet niet hoeveel uren ze heeft geslapen. Ze bedenkt dat het wassende maan is en dat ze niet kan wachten tot ze die te zien krijgt, de eerste volle maan van de zomer. Ze wordt wakker en ze vraagt zich af waar ben ik, ze denkt niet aan de grot, na een lange droom vol details, haar oom Elio die een graf graaft bij de kruising met de grote weg, Ida vraagt of dat voor haar is, hij zegt ja, en dan Antonio tegen wie ze zegt dat ze bijna doodgaat, en hij streelt haar haren, een rustige, zoete droom. Ze staat op en gaat plassen.

De voetstappen hoort ze van links komen, vanaf het eind van de tunnel, niet vanaf de ingang waardoor zij naar binnen is gekomen, wat de dichtstbijzijnde is.

Ze hoort ze en heeft geen idee wat ze moet doen, haar plas blijft komen en ze wil hem stoppen, dat zijn niet de ratten het zijn voetstappen van mensen, van zware schoenen. Ze weet dat deze tunnels vooral worden gebruikt door de bewoners van de wijk, om zich er te verstoppen, of door de partizanen. Maar het is niet zo dat de fascisten er niks van weten, en wat nou als ze naar iemand op zoek zijn, en wat nou als dit het einde is, wat voor einde heb ik dan.

Ze heeft nog de tijd om op te staan, om te denken dat ze niet meer de tijd heeft om haar spullen te verstoppen, haar deken, lamp en bord, misschien kan ik er nog uit komen, ze ziet zich al naar huis rennen en aankloppen en Agnese die de deur voor haar opendoet.

Ze hoort ze dichterbij en het kan Rita niet zijn op dit tijdstip en trouwens vanaf die kant, waar gaat die tunnel naartoe?

Ze hoort ze aankomen en ze ziet dat het er twee zijn, ze ziet dat het geen fascisten zijn, ook geen Duitsers, maar toch gaat haar angst niet weg. Bij het zien van de deken blijven de twee op slag staan, ze kijken elkaar aan, ze kijken om zich heen. Ida heeft niet eens een wand waarachter ze zich kan verstoppen, ze staat roerloos en zonder kleur in haar gezicht.

93

Wat doe jij hier? vraagt de lange, die zijn schaarse bruine haar met een scheiding opzij heeft gekamd, en haar aankijkt met een soort obsessie in zijn ogen en om zijn mond, die Ida vol afschuw in elke vezel van haar lijf voelt. De andere heeft een dun snorretje als een jochie dat zich nog nooit geschoren heeft en hij noemt haar bij de naam, hij zegt jou ken ik, jij ben de friendin van d'n Bios, en zij wist dat Antonio in de wijk zo genoemd werd, en zij had het nooit een leuke bijnaam gevonden. Ida kan zich die man niet herinneren, waar zou ze hem dan gezien hebben, in elk geval niet met kistjes aan en een pistool zoals nu, maar het stelt haar wel gerust, zijn gezicht en de klank van zijn stem, en dat hij weet dat ze een vriendin van Antonio is, dat hij haar herkent. En die lange met zijn scheiding aan de ene kant die blijft ze nog steeds doodeng vinden, ook al is hij geen fascist, en ook geen Duitser, hij bezorgt haar in alle hevigheid de angst van dat ze een meisje alleen is, midden in de nacht, met niemand in de buurt.

De ander vraagt haar waarom ze hier in de grot is, hoelang al, voor hoelang nog. Hij zegt dat het hem overdreven lijkt, om hier beneden opgesloten te zitten in haar eentje, dat ze vast en zeker gewoon naar huis kan gaan, en Ida wil zeggen dat is zo, dat lijkt mij ook, maar door de blik van die lange stokken haar woorden. De man vraagt of ze honger heeft, en dat heeft ze, maar ze schudt haar hoofd. De hele tijd blijft ze roerloos staan, op een afstand. De hele tijd staat die lange naar haar te kijken, en niet één keer in haar ogen. Zij wil eigenlijk naar Antonio vragen, maar weer zegt ze niks. Dan zeggen de twee we motte gaon, so meteen wort 't licht, en ze laten haar achter met het koude zweet, terwijl ze haar angst langzaam verwerkt.

21

Buiten bereidt zich een heldere, wolkeloze ochtend voor, de dageraad aan het eind van de Via Casilina is nu van een oranje dat Ida
een warm gevoel in haar hart zou bezorgen, als ze het kon zien. In
de grot merkt ze alleen dat de nacht voorbij is, maar het licht komt
nog niet naar binnen. Ze blijft maar denken aan die twee van daar-
net, stel je voor dat het Duitsers waren geweest, stel je voor dat die
ene die Antonio kent er niet bij was geweest. Er komt een soort
somberheid in haar op, en vermengd met de honger bezorgt die
haar opnieuw akelige zin. Ze moet twee keer overgeven, in twee
verschillende hoeken, de eerste keer een gelige vloeistof, de tweede keer alleen maar gal. En Rita komt nog steeds niet opdagen. Ze
heeft er spijt van dat ze niet wat te eten heeft aangenomen van die
twee jongens. Ze heeft er spijt van dat ze niks heeft gevraagd over
Antonio, van wie ze nu al zo lang niks meer heeft gehoord. Sinds
het begin van deze onrustige maanden, vol heimelijke ontmoetin-
gen en plannen en acties, waren ze wel dichter bij elkaar gekomen,
maar toen begreep Ida nog niet wat hij wilde.

Antonio was in Centocelle aangekomen op 21 maart 1941, een
winderige vrijdagochtend die Ida zich heel nauwkeurig herinnert,
deels doordat het zo'n belangrijke ontmoeting was en deels ook
door toeval. Ze was naar binnen gegaan in de kruidenierswinkel
van Saracino, in de Via Tor de' Schiavi, en ze keek naar de lekkernij-

en achter de toonbank en de mevrouw begroette haar en vroeg hoe het met Agnese was, en terwijl ze haar het brood gaf dat Ida haar voor dag en dauw had gebracht om door haar te laten bakken, foeterde ze haar dochter Rosa uit die een dienblad had laten vallen.

Toen ging de deur opnieuw open en er kwam een lange jongen binnen met zwarte krullen, grote blauwe ogen onder lange, volle wimpers, een moedervlek onder zijn mond, da's een lekker ding, had Rosa gedacht, da's een knapperd, had Ida gedacht, en dat ziet er goed uit, had Antonio gedacht bij het zien van Ida en Rosa.

Wat ken ik foor je pakke, schat? had mevrouw Saracino gevraagd. Nee, niks mevrouw dank u, Antonio had niks nodig, hij wilde alleen weten, alstublieft mevrouw, waar de Piazza dei Mirti was. Toen had Ida iets gedaan waarop Rosa en haar moeder elkaar verbluft hadden aangekeken, en misschien was ook Antonio verbluft, maar zijzelf was opgetogen. Ze had haar brood gepakt en vastberaden een stap naar voren gezet, toen had ze zich naar hem omgedraaid en gezegd ik loop wel met je mee, naar de Piazza dei Mirti, dat is hier vlakbij.

Buiten stond een man op hem te wachten, en dat was zijn vader, en ze hadden samen gelopen, en al die vragen, wie ben je waar kom je vandaan van Sardinië, zo ver weg, en zijn jullie hier nieuw? Wij wel, we openen een bioscoop, ga je weleens naar de bioscoop? Ida keek onder het lopen naar de grond en af en toe, wanneer hij niet naar haar keek, wierp ze een schuine blik op zijn stralende lichte ogen of op de moedervlek rechts onder zijn mond, en dan trilde er iets in haar buik. En ze wist hoe duur dit haar zou komen te staan, deze wandeling met een jongen, en nog een onbekende ook, al was het dan met zijn vader een eindje voor hen uit, ze wist dat Agnese en Francesco er meteen achter zouden komen, misschien wisten ze het nu al, wat zouden ze kwaad zijn, maar met haar trillende buik, die zwarte krullen van hem dansend in de lucht van een ochtend in maart, tussen de Via Tor de' Schiavi en de Piazza dei Mirti, de bries en het blauw van haar vijftien lentes, mijlenver van het huis waar ze was opgegroeid, en van haar vader en moeder, wat kon haar het schelen, ze voelde zich sterk en alleen en levend, en ook gelukkig.

Toen ze er waren had de vader van Antonio gezegd bedankt, bij de eerste voorstelling krijg je gratis entree. En zij was helemaal blij naar huis gegaan, met een blijheid die ze nooit eerder had gevoeld, op tijd voor het middageten, met het brood in haar tas, en als ze geluk had, misschien, dan zou niemand iets in de gaten krijgen. Thuis had ze de tafel gedekt, lachend terwijl Agnese vertelde over een kat die op de vensterbank was gesprongen en met zijn snuit tegen het glas aan gebotst was, en Ida zag weer de beelden voor zich van de wandeling kort daarvoor, het gezicht van Antonio betoverend en donker, het liefst had ze haar zus alles verteld, en ze dacht is het dan niet te zien? zie je dan niet dat ik verliefd ben?

Francesco was thuisgekomen precies toen Agnese het vuur onder de pan uitdraaide, met een strenge blik en met woede in zijn stem had hij gezegd Ida, dat flik je me niet nog een keer wat je vanochtend hebt gedaan, ik wil geen smerige hoer in mijn huis. En door die grove taal was de hemel voor haar uitgedoofd en de lichte maartbries stilgezet, en ze kon niet meer eten, en ook niet praten.

98 Antonio had tot zijn tiende in Trastevere gewoond, zolang zijn
moeder nog bij hen was, en hij kende de rivier en de smalle straatjes van die wijk. Toen zij was gestorven, in januari, de zoetige geur
van de aronskelken en de chrysanten met alle ramen dicht, mama
opgebaard met haar mond een stukje open, toen waren ze weggegaan uit het huis en ook uit Trastevere. En in de loop van de jaren
hadden ze heel wat wijken gehad, want zijn vader Michele was
nooit lid geworden van de fascistische partij en hij raakte voortdurend zijn baan kwijt en als ze ver weg moesten om een nieuwe te
vinden dan gingen ze weer verhuizen, ze huurden kleine appar-
tementjes met twee kamers en een keukentje. In Centocelle hadden
ze zich gevestigd in een van de gebouwen aan de Via Tor de' Schiavi, en ze hadden een grote keuken, waarvan zij weinig en slecht ge-
bruikmaakten.

De gedachte aan Antonio was voor Ida het allerfijnste van de hele dag en de avond geworden, en het vooruitzicht van de komende
zondag, wanneer ze met z'n allen naar de bioscoop zouden gaan,
met Rita en de andere vriendinnen, bezorgde haar dromen en beelden die elke keer anders waren, elke keer mooier. En die zondagmiddag had Antonio, die de kaartjes verkocht achter de kassa, hen
allemaal begroet, vrolijk en met een lach. Daarna had ze hem niet
meer gezien, tot aan de zomer. Die zomer was ze er vaker naartoe

gegaan, naar de bioscoop, met Agnese en Francesco of met haar vriendinnen en een paar van hun broers, en één keertje was Antonio bij hen komen zitten, naast haar, en hun ellebogen hadden elkaar een heel klein beetje geraakt en zij keek half naar de huid van zijn arm en half naar de film op het grote scherm, omringd door het kabaal van de jongelui en de rook van sigaretten. Ze had wekenlang vlinders in haar buik gehad, als ze terugdacht aan die arm die de hare raakte, als ze zijn glimlach weer voor zich zag. Ze fantaseerde over vrolijke wandelingen en intense gesprekken, ze fantaseerde over alles, en ze wachtte af. Ze hield hele verhalen over hem tegen Rita en Micol, die ze die herfst had leren kennen. De herfst en daarna de winter, die allebei koud en hongerig waren geweest, het brood op rantsoen en het gebrek aan steenkool. Micol zei tegen haar praat met hem, zoek de gelegenheid om met hem te praten, en zij dacht ja, tuurlijk.

De dag van het feest van San Felice, toen ze hem voor zich zag staan terwijl ze met Rita lachte om de paartjes die rondzwierden terwijl ze het ritme van het orkest niet konden volgen, ze kreeg nog niet eens de kans om te begrijpen dat hij haar ten dans vroeg of ze zwierde al in het rond, haar hand in de zijne, en de rest.

Antonio lachte naar haar en zij zag hoe zijn gezicht veranderde, wanneer hij lachte, dan leek zijn mond groter, zijn lippen nog zachter, en hij zei dat ze mooi was, en dat hij al heel lang met haar wilde dansen, en zij stapte op zijn voeten en ze lachten, en ze schaamde zich ook wel een beetje. Ze was bang dat Agnese en Francesco haar zouden zien, dat iemand het tegen hen zou zeggen. Toen het nummer was afgelopen had ze dank je wel gezegd, nu ga ik terug naar mijn vriendin maar hij niks ervan, nog vijf nummers hadden ze gedanst, en uiteindelijk had hij tegen haar gezegd goed dan, ik laat je gaan, maar ik wil je wel weer terugzien.

Die dag waren de leugens begonnen, de smoesjes, de stiekeme dingen, tien minuutjes na school op weg naar huis, bij de tramhalte, of fietsend over de Via Casilina. Een keer wel een heel uur, tegen zeven uur 's avonds in de zomer, toen Antonio haar op de fiets had meegenomen naar de Verano-begraafplaats, naar het graf van zijn moeder, en haar die kus tussen haar oor en haar hals had gegeven, haar haren opzij geschoven, en dat was een uur vol opwinding en verrukking geweest, en zenuwen omdat ze er zomaar vandoor was gegaan en vanwege het heimelijke gedoe.

Alleen had Antonio haar nooit gevraagd of ze verkering wilde, daar wees Rita haar telkens weer op, en wel zo dat het klonk alsof ze het haar kwalijk nam. Wat maakt dat uit, dacht Ida bij zichzelf, ik weet zelf toch hoe hij naar me kijkt als we bij elkaar zijn, hoe hij naar me lacht. Toen de regen was gekomen en de avonden korter werden kwam ze hem niet meer tegen, ook al deed ze haar best om zo vaak mogelijk langs zijn huis te fietsen of langs de bioscoop. Een keer, op een middag in november, had ze het idee gehad dat hij haar zag en een andere straat insloeg, dat was maar inbeelding, hij heeft me niet gezien, hij heeft me zeker weten niet gezien. Toen Fausto tegen haar had gezegd waar Rita bij was, wat mot je toch met hem door, die hep wel tien meide, was ze zo zenuwachtig geworden dat ze moest opstaan om op de wc te gaan huilen, en toen zei ze bij zichzelf niks van waar, niks van waar, wat weet hij daar nou van, hij is nog maar een snotneus. De dag dat Francesco was omgekomen, was Antonio, net als iedereen, komen condoleren, en hij had Ida begroet en had gevraagd hoe is het met je zonder haar aan te kijken.

Daarna waren ze door het verzet opnieuw verenigd, en Ida maar zeggen ik wist het wel, ik wist het wel, zie je nou dat hij me heus wel wilde.

23

De uren verstrijken en steeds meer krijgt ze het idee dat het ner- gens voor nodig is dat zij daar opgesloten zit, zonder dat iemand het weet, volgens mij was dit een heel stomme zet, zodra Rita komt zeg ik het tegen haar en dan ga ik met haar mee. Dat Rita maar niet komt maakt haar ongeduldig, ze bijt woedend op de nagel van haar duim.

Dit is de derde dag dat ze in de grot is en ze weet zeker dat er geen enkele fascist, geen enkele Duitser naar haar op zoek is. Ze voelt zich als het ware vertrapt door een gevoel van nutteloosheid, en daarna van vermoeidheid, en daarna van moedeloosheid. Ze wou dat iemand haar vasthield. Ze wou dat ze thuis was, waar Agnese over haar haren streelde. Wat zou die nu aan het doen zijn, Agnese, wat zal ze ervan denken dat ik al zo lang weg ben, en zal ze me missen.

De laatste tijd heeft ze Agnese vaak zien lachen, dankzij de grapjes van Betto, en ze heeft het idee dat Agnese voordat hij er was nooit zo kon lachen. Ida weet ook dat ze hem soms een beetje van hun boter geeft, of brood, en daar is ze blij om, om die lieve momenten van Agnese. Ze herinnert zich hoe de toon waarop haar zus tegen Betto praatte langzaam maar zeker is veranderd, hoe Agnese hem niet langer verwijten maakte omdat hij hen in die situatie had gebracht, niet langer tegen hem zei je bent illegaal jij moet niet bij mij thuis komen. Op een regenachtige ochtend, begin mei, was hij bij hen thuis gekomen en had hij urenlang gepraat, zijn hele leven tot in detail verteld. Hij had verteld over zijn vader Franco, een van de eersten die een huis was gaan bouwen in de Quadraro, over Mariuccia, me moeder, nee, die was al een paar jaar oud toen ze naar Rome kwam, uit het noorden, uit Ferrara, en ze is opgegroeid in Primavalle, aan de andere kant van Rome. Hij had verteld van toen hij geboren was, Mariuccia was al bijna veertig, en ze had geen andere kinderen gekregen, niet vóór hem en niet na hem, en toen hij eruit was gekomen, helemaal rood en krijsend, hadden ze de heilige Rita aangeroepen. Hij had verteld over toen hij klein was, en daarna over toen hij ouder was, en terwijl hij vertelde viel er een plensregen en knalde de wind tegen het raam, en je zou niet zeggen dat het lente was.

Agnese had bedacht hoeveel overeenkomsten zijn verhaal had met het hare, de armoede en de gevoelens en de gebruiken, veel meer overeenkomsten dan met Francesco, en toch leek Betto haar juist minder ruw, en vriendelijker, deze man die in een buitenwijk was opgegroeid.

Daarna had Betto verteld over de tijd dat hij Ignazia had leren kennen, en zich had verloofd en toen was getrouwd, en hij hield van haar, ze waren getrouwd toen je van de oorlog nog niet zoveel merkte, en hij was soldaat en hij had verlof gekregen, en toen, nog geen jaar later, was Ignazia omgekomen in een schuilkelder, die grote bom, weten jullie nog? Agnese had hem onderbroken om te zeggen net als Francesco mijn man. Hij had gezegd ik moet nou so faok aon die kleine denke, aon me Rocco die ik nou al een maond niet hep gesien. Hij had verteld van zijn desertie na de wapenstilstand, toen hij niet had willen terugkeren in het leger, voor de nieuwe Republiek, en over zijn vriend die hem had overgehaald om hen te komen helpen bij het verzet, over hoe hij niet in staat was geweest om te schieten, die ochtend aan het eind van de Via Appia Antica, en dat zijn kameraden hadden gezegd dat hij maar een eindje verderop moest gaan staan. Hij had verteld over die vervloekte 17de april waarop er bij dageraad vrachtwagens waren komen aanrijden, in de Quadraro, en huis voor huis alle mannen waren afgevoerd, en hoe hij had weten te ontsnappen en zich vervolgens verborgen had gehouden op vlieringen en in stallen. Terwijl hij vertelde bleef het maar regenen, en Agnese was van streek en probeerde al vanaf het begin haar tranen te onderdrukken, en Ida precies zo. Hij had heel lang gepraat zonder al die grapjes van hem die hij anders altijd maakte, zonder geintjes of vermakelijke anekdotes, en Agnese had beseft dat geen enkele man ooit zo lang tegen haar had gepraat.

24

Op de ochtend van de 1ste juni stapte Agnese uit bed zonder dat ze een oog had dichtgedaan, haar gedachten helemaal bij Ida en bij wat haar toch kon zijn overkomen, ze had zo haar twijfels gekregen over dat verhaal van die zieke mevrouw, want dat Ida niet eens was langsgekomen om het tegen haar te zeggen, hoe was dat nou toch mogelijk. De dag ervoor was ze met don Pietro gaan praten en door een paar van zijn uitspraken en de bezorgdheid op zijn gezicht was ze nog meer gaan twijfelen. Ze had gepraat met de moeder van Gino die niks anders kon zeggen dan ik zei het je toch dat ze bij de partizanen zit, ze zal zich wel in de nesten hebben gewerkt, in die halfdonkere keuken van de buurvrouw, maar je sal sien dat alles goed is met d'r, maok je geen sorrege.

Agnese, had de buurvrouw daarna gezegd, zonder haar aan te kijken, dit mos ik je ook nog segge, fanmorrege kwam d'r een frouw die op soek was naor Betto, se seg dat-ie een spion is.

Agnese had tegen de buurvrouw gezegd alsjeblieft, ik wil niks weten, mijn zus, mijn zusje Ida. Ze was naar Rita gegaan en toen die niks zei had ze haar geduld verloren, ze was weggegaan vol woede op die meid, waar ziet ze me voor aan, ik ben toch niet gek. Nu ze voor de tweede keer naar het huis van Rita ging, op die ochtend van de 1ste juni, was ze op de trap de dokter tegengekomen en toen ze had aangeklopt, had Renata opengedaan en ze had gezegd

Annina heeft zo'n hoge koorts dat we ons zorgen beginnen te maken. Ze had haar niet eens gevraagd of ze binnen wilde komen. En mijn man ver weg, we weten helemaal niet waar hij is, als ze straks doodgaat kan ik het hem niet eens laten weten. Agnese had het idee dat Renata het haar kwalijk nam, omdat zij niet wist hoe dat was, de angst dat je kind doodgaat, en ze was weggegaan met een bedrukt gevoel van nutteloosheid.

In de slaapkamer van Annina, de doffe ogen van Annina, had Rita de stem van Agnese gehoord en ze had niet de moed gevonden om de kamer uit te gaan, ze had opnieuw bedacht dat dit geen beslissingen zijn die kunnen worden genomen door twee meisjes, dat Ida niet in de grot kan blijven, dat ze het gewoon had moeten zeggen tegen Ida's zus, tegen don Pietro, dan maar het geheim verbreken. En ze moest er weer naartoe, naar de grot, ze was de dag ervoor ook al niet geweest, maar ze kon gewoon niet weg bij Anna, klein zusje, je zult zien dat het allemaal voorbijgaat.

Toen het tijd was voor het middageten was Fausto nog steeds niet terug van de lange rijen die er die dag stonden voor het meel en de boter. Anna sliep een zweterige, altijd onrustige slaap, en Rita en Renata hadden weinig gegeten, in stilte. Die middag vond Rita de kamer van Anna bloedheet, onbeweeglijk de minuten die ze voortdurend in de gaten hield op de grote klok aan de keukenmuur, de deuren open en Renata maar heen en weer. Toen Fausto thuiskwam was het alsof ze allemaal weer een beetje wakker werden, en Anna had de melk kunnen drinken die hij had bemachtigd en die hij haar bijna dwong door te slikken door haar aan het lachen te maken en haar weer een schittering in haar ogen te bezorgen. Sie je nou wel dat 't niks is, had hij tegen zijn moeder en zus gezegd, de koorts sal gauw genoeg sakke, trek niet so'n gesich se is toch seker niet dood. Renata was in slaap gevallen aan de keukentafel, en Fausto was weer de deur uit gegaan, en Rita wachtte op de avond en de moed om zich los te maken van haar zusje en naar Ida te gaan, als ik opschiet kan ik het wel halen, wat kan er nou gebeuren, een uurtje maar, langer zou ik niet weg zijn. Dan kan ik haar in elk geval wat te eten brengen. Ze had het zelf niet eens in de gaten toen ze rechtop op haar stoel in slaap was gevallen, haar hoofd knikkend.

Agnese was de hele dag zo ongerust geweest dat ze niets voor elkaar kreeg, ze kon niet eens eten, alleen maar naar buiten kijken hoe de lucht van kleur veranderde, van de middag tot de avond, denkend aan Ida die haar zus was maar ook een beetje haar kind, de liefde en ook de verantwoordelijkheid. Denkend aan haar andere zussen en aan haar ouders, aan de altijd te korte brieven die ze elkaar schreven. Ze had er zin in gekregen om die weer eens over te lezen en ze was opgestaan, vanachter de glazen deurtjes van de grote servieskast had ze een licht houten kistje gepakt, en ze had ook de paar brieven gevonden die Francesco haar had geschreven de keren dat hij ver weg was, en ze had het kistje pas weer dichtgedaan toen het buiten al donker was. Onder het lezen huilde ze zachtjes. Toen ze haar slaapkamer binnenging, had ze langdurig gekeken naar de twee trouwfoto's boven de ladekast, zij en Francesco met z'n tweeën en de hele familie samen. We waren zo mooi, zo sterk, en er is niks meer van over.

25

In de grot sterft de dag eerder weg, Ida kerft weer een streepje in de rots, naast een dikke, trage spin, en opnieuw vraagt ze zich af of het niet gewoon stom is geweest, van haar en Rita, om te denken dat zij hierbinnen moest blijven zitten, en opnieuw vraagt ze zich af waar is Rita, en waarom komt ze niet terug.

Deze keer denkt ze als ze het geluid van de voetstappen in de lange gang hoort meteen daar heb je hem, hij is teruggekomen, die lange met de scheiding in het midden, in zijn eentje deze keer.

Ze drukt zich plat tegen de muur en sluipt naar het hoekje dat haar het donkerst lijkt, hij is teruggekomen en hij is alleen, ze kijkt naar haar trillende handen en hoort haar tanden klapperen, dit lijkt haar het allerergste wat haar kan overkomen, van alle onrecht het meest afschuwelijke.

Als ze hem ziet herkent ze hem niet en als ze hem daarna wel herkent kan ze het niet geloven, dat het Antonio is, Antonio, mijn liefste, en ze roept hem met gespannen, schelle stem, en hij zegt Ida, en hij omhelst haar, snel en een beetje bruusk, blij en gegeneerd tegelijk, hoe is het met je, hoe is het met jou, kijk eens wat ik heb meegebracht, heb je honger? Nou en of Ida honger heeft, er is al twee dagen niemand geweest, ze heeft al twee dagen niet gegeten, en trouwens de honger, de honger is ook een honger die zich heeft opgestapeld in die lange, koude wintermaanden en in de eindelo-

ze zomerdagen van die laatste oorlogsjaren, vier jaren van opge-
stapelde honger. Antonio heeft brood en omelet meegenomen, een
brood dat lijkt te zijn gemaakt van echt meel en in de omelet stukjes
courgette, en hij heeft ook nog een appel meegenomen, en Ida kan
het zich niet voorstellen, waar al dat eten vandaan komt en zo lekker. Ze eet langzaam met kleine hapjes, haar maag zit dicht door al
dat vasten en de emotie, ze eet langzaam en hoe heb je me weten te
vinden, Antonio? Heb je het gehoord van die vriend van je? Anto-

nio vertelt, over dat hij, klopt ja, samen met die twee die jou hier
hebben gevonden, op het platteland in de buurt van Tivoli zit, hij
vertelt over hun acties tegen de legerbusjes van de Duitsers, over
de kraaienpoten die ze op de wegen strooien, over de boeren die
hen verborgen houden, hem en zijn kameraden. Hij vertelt over de
Siciliaan met wie hij bevriend is geraakt, eentje uit het gehucht
Alessandrina met wie hij een keer had gevochten, nog voor de oorlog, om iets onbenulligs, ze herinneren het zich allebei nog, het
bloed van die vechtpartij op straat. En nu zijn ze onafscheidelijk
geworden, in deze oorlog, in deze binnenlandse oorlog.

Ze eet langzaam, Ida, en ze luistert naar Antonio en kijkt hoe zijn
ogen snel bewegen en oplichten onder het vertellen, zijn grote lichte ogen onder zijn lange, volle wimpers, en het gevoel dat hij echter
niet naar haar kijkt, en niets aan haar vraagt, dat verdrijft ze met
een hap brood en een blik op zijn lippen en op de moedervlek daar
rechtsonder. Hij is tenslotte een man, hij is degene die de dingen
doet, de interessante dingen, zegt ze bij zichzelf met een stem die
niet de hare is. Vurig zijn lippen wanneer hij begint te vertellen de
Amerikanen, Ida, de Amerikanen zijn aangekomen, ik heb ze zelf
gezien, voorbij de Ponte di Nona, ze komen eraan ik zweer het je,
het duurt nog maar zo kort, Ida, hou nog even vol en dan gaan we
feestvieren op straat.

Dan wordt hij ineens ernstig en hij vraagt maar waarom zit je hier eigenlijk verstopt? Ida zoekt naar woorden en vertelt hem over die ochtend waarop de dingen fout waren gegaan, over dat zij niet wist wat ze moest doen, over haar moedeloosheid hier in de grot. Antonio zegt als Rita komt kun je beter naar huis gaan, er is bijna geen gevaar meer, het is bijna afgelopen. Ida voelt een hevige emotie ze voelt dat hij zich echt zorgen maakt, en ze kan niet ophouden met naar zijn lippen te staren.

En dan doet ze iets, waar zou ze dat nou vandaan halen, waar zou ze dat nou gezien hebben, zoiets zie je niet eens in de bioscoop, en haar zussen zouden het zeker niet doen, en Rita ook niet, zoiets. Ze glijdt over de vloer van puzzolaan en duwt zich in één keer tegen hem aan, haar armen om zijn hals, haar gezicht tegen zijn borst. En dan hoort ze een oorverdovende stilte met op de achtergrond hun ademhaling en hun hartslag, razendsnel die van haar. Ze voelt hoe Antonio met zijn hand haar hoofd optilt en zijn lippen op de hare drukt en dan voelt ze in haar mond zijn grote, platte tong. En zij weet echt niet hoe ze die van haar moet bewegen, ze blijft maar voornamelijk stil zitten terwijl alles in beroering is vanbinnen.

Ze heeft niet op de tijd gelet en ze weet niet hoeveel minuten er voorbij zijn gegaan als Antonio haar hoofd wegduwt met zijn handen, een bruuske beweging, hij staat op, probeert een beetje te glimlachen, zegt maak je geen zorgen, we zullen hier gauw uit zijn. En hij vertrekt.

110   Antonio vertrekt en Ida blijft achter met een gevoel waarvan ze niet weet of het blijdschap of wanhoop is. Ze weet niet of ze moet geloven in die soort van dromen die ze had, met de ogen open, in de stilte van de dingen, waarin ze zich voorstelde dat ze aan het feesten was in de straten tot aan de Lungotevere, met Rita, Agnese en al die mensen, de warme zomerzon op hun huid. Antonio die op haar wacht en haar zus toestemming vraagt om verkering te hebben, en samen zullen we feestvieren in de straten, van hier van Centocelle door al het stof van de Via Casilina, tot aan het Colosseum en tot aan het Altaar van het Vaderland aan de Piazza Venezia, arm vaderland, arme gekwetste, verwoeste wereld, arme ik, helemaal alleen met mijn verdrietige ogen. Of dat ze juist moet geloven in het stemmetje in haar hoofd dat steeds zegt Ida, ze zullen je vinden, ze zullen je vinden en ze zullen je martelen en je zult sterven in deze grot, of je komt eruit en dan schieten ze je in je rug terwijl je naar huis loopt, of deze oorlog duurt nog een heleboel lange jaren van strijd en angst, en Antonio, Ida, maar zie je dan niet dat hij je niet wil, dat hij je niet had gekust als jij niet tegen hem aan was gaan zitten? En ze huilt. Heel lang. Snikken en stokkende adem. Micol vriendin van me waar ben je? En ze denkt aan Agnese, want sinds Francesco dood was waren ze hechter geworden, ze voelde zich zelfs een beetje schuldig, maar ze had het gevoel dat Agnese meer

op haar gemak was, overal om hen heen lag alles in puin en Agnese werkte, deed wat er gedaan moest worden, en ze was weer begonnen te zingen.

Op een avond, aan het begin van de winter, liep Ida met haar blik op de grond gericht terwijl ze tegen een steen schopte, steeds dezelfde, als kind deed ze dat soms vanaf huis tot aan school, steeds dezelfde, soms zag ze hem na school zelfs weer liggen, maar na school liep ze uiteindelijk altijd samen met haar vriendinnen, dan vergat ze de steen. Toen ze had opgekeken, had ze rook uit de schoorsteen zien komen en het was de eerste keer, sinds de kou was begonnen, dat Agnese het vuur aanstak. Ze had haar pas versneld en haar stemming was veranderd. De geur van de haard, al van buitenaf, en binnen heel sterk, de geur en het geluid, en ze had een blijdschap gevoeld die helemaal omhoogkroop tot aan haar haren. Sinds ze ver weg was van het eiland brachten de geuren, als het precies dezelfde waren, haar meteen weer terug, de geur van de haard en haar zussen die eromheen zaten, haar moeder die stond te koken en haar stem die zich in hun gesprekken mengde, haar vader die met de ezel door de kamer liep om hem naar zijn stal te brengen, achter de veranda. De geur van de haard in de kleine keuken van haar oma Lucrezia, vermengd met die van de vacht van de katten, die erin sliepen en hun staart verschroeiden, maar geen van allen, geloof je oma maar gerust, o Ida, geen van allen heeft ooit echt in brand gestaan. Lucrezia had ze wel een mooie naam gevonden, mooier dan Ida, maar haar moeder wilde geen van hen naar hun oma's vernoemen, de reden daarvoor had ze nooit verteld, alleen maar niks ervan, ik zei nee, ze krijgen andere namen.

Oma Lucrezia, vertelde haar moeder in een brief, was gestorven op een zondagnacht, in haar slaap, ze heeft niet geleden, ocharm, laten we voor haar bidden. Ida had haar niet vaak genoeg omhelsd. En toen zij was vertrokken had oma gezegd als ik doodga ben jij er niet bij, en Ida had gezegd natuurlijk ben ik er dan wel, ach oma toch. Maar ze was er niet geweest, ze was niet meer teruggegaan, oma dood en ik helemaal aan de overkant van de zee.

Ze valt in slaap op de deken die is uitgespreid op het puzzolaan, en ze heeft voortdurend pijn in haar rug, en in haar nek. Ze valt in slaap en droomt van een donkere, gezwollen zee, van bovenaf alsof ze vliegt, dan komt ze via een smalle bergweg uit bij een hoog huis met twee verdiepingen, en van daaruit kan ze uitkijken over het hele eiland. Ze wordt om de haverklap wakker en ze ligt te draaien en te woelen en ze begint weer te dromen en daar is het meisje dat in de huishouding werkte bij Micol thuis, maar heel klein net als zij en de honden die achter elkaar aan rennen op het erf, en die gele likt heel blij over haar gezicht, met alle liefde van de wereld.

Ze wordt wakker met dat fijne gevoel van haar gele hond die over haar gezicht likt, ze kerft weer een streepje en dan zijn het er vier, de dagen in de grot. Ze brengt de uren door met terugdenken aan Antonio, en met fantaseren in haar hoofd over gesprekken die er niet zijn geweest, een andere afloop dan dat bruuske vertrek van hem, en ze wacht op Rita om haar alles te kunnen vertellen, en haar te vragen denk jij dat hij nog van me houdt?

Rita wordt op de ochtend van 2 juni wakker terwijl Annina's hand haar hoofd streelt, en die voelt al minder heet. Het kamertje ruikt naar zweet en de ogen van het meisje zijn minder dof, ze glimlacht haar toe terwijl ze haar moeder hoort praten met de mevrouw van de benedenverdieping, arm kind ze heeft heel veel akelige dingen gezien en ze is het nu al beu, dit leven dat wij hebben gekregen. Haar hevige verdriet en de gedachte aan Ida daar helemaal alleen, en dat ze het tegen niemand kan zeggen, en dat ze er niet naartoe kan. Ze zegt bij zichzelf dat ze wel naar de grot zal kunnen gaan als het echt beter gaat met Anna, en ze vraagt zich af wat ze tegen Agnese zal zeggen, want die heeft haar zeker weten niet geloofd. Don Pietro was twee keer gekomen, om te bidden voor Annina en om Rita en Renata te troosten, en Rita had het idee dat hij haar ook niet geloofde, dat hij vermoedde dat zij het wel wist, waar haar vriendin Ida was. Over Ivano hadden ze nog steeds niks vernomen. Als de dokter komt zegt hij het gaat al beter met die kleine, probeer nog wat melk voor haar te krijgen en laat haar slapen. Renata is de hele dag van huis, op zoek naar iets eetbaars, en Rita kan weer geen kant op.

Die avond wordt er aangeklopt en het is weer don Pietro en meteen daarna komt ook Agnese, en ze zitten allemaal in de goede kamer, het ruikt naar medicijnen en naar de spliterwten die Renata heeft opstaan. Ze praten over Anna die er beter aan toe is en over dat Fausto wat melk had gevonden, Agnese kijkt steeds naar Rita maar ze vraagt niks.

Ineens barst Rita in huilen uit en met een stem die moed probeert te vatten zegt ze, langzaam en met moeite, Ida zit verstopt in een grot, waar we gingen spelen toen we klein waren, ze moest papieren wegbrengen naar het centrum, een paar dagen geleden, toen is ze betrapt en toen was ze bang en toen heeft ze zich daar verstopt. Het geluid van het kokende water en de geur van de erwten, Agnese zegt ik wist het wel maar haar stem trilt niet, ze zegt ik wist het wel waarom heb je het me niet meteen verteld? Ja, waarom heb je het niet meteen verteld, vragen ook Renata en don Pietro, en Rita weet niet wat ze moet antwoorden, ze voelt zich klein en dom, en ze heeft spijt dat ze het niet eerder gezegd heeft. Agnese zegt met ferme, barse stem ga haar halen, ga erheen en breng haar weer thuis. En Rita, met gebroken stem, zegt ze heeft niet eens iets te eten, ze heeft al twee dagen niets te eten, ze is vast heel bang en koud, sorry, sorry allemaal. En Fausto, die intussen is thuisgekomen, zegt kom maar Ri', dan gaon we saome.

Agnese vertrekt bijna zonder te groeten, bijna gekrenkt, door Rita en door Renata en door don Pietro, door iedereen die wist dat haar zus bij de partizanen zat. Ze vertrekt met een hevige angst die steekt, en in haar hoofd een wirwar van gedachten die ze niet kan ontwarren. Ze gaat naar huis, doet de deur dicht, hangt haar sjaal op, en ze denkt, terwijl ze water opzet om een bad klaar te maken, ze denkt stuk voor stuk, het zijn stuk voor stuk partizanen in deze wijk, het is gewoon een wespennest, ze denkt ook don Pietro, en de buurvrouw, en Gino en Ivano, en mijn zus Ida, en ze denkt misschien uiteindelijk ook ik, want ik hou wat boter apart voor Betto.

Denkend aan Betto zegt ze bij zichzelf dat ze eigenlijk net zo goed alles kan weten, wat maakt het immers nog uit, en dan gaat ze aankloppen bij de moeder van Gino, om zich alles te laten vertellen.

28

116   Ida ziet Rita en Fausto samen aankomen en ze heeft eerst de neiging om kwaad te worden op Rita, maar dan voelt ze zich opgelucht. Ze omhelzen elkaar en Rita zegt je moest eens weten wat er allemaal gebeurd is, Ida, in deze dagen, en het idee dat jij hier in je eentje zat deed pijn in mijn hart, maar daarboven, je moest eens weten wat allemaal. En ze vertellen haar wat er allemaal gebeurd is, van Annina en Ivano en de anderen. Ze praten en lachen en Ida eet en vertelt over de twee jongens die de eerste nacht binnenkwamen, over Antonio, maar over hem zegt ze niet alles. Ze zeggen kom mee, Ida, we gaan naar huis, iedereen zegt dat het onzin is om hier verstopt te zitten, hier in Centocelle komt niemand jou zoeken, en je zult minder opvallen wanneer je je gewone leven weer oppakt dan wanneer je ineens verdwijnt en nergens meer te vinden bent.

    Ze pakken de deken en het bord en gaan naar buiten, de zon zakt al richting de avond, maar voor Ida is het licht zo fel dat ze ervan gaat tranen, of misschien is het de emotie. Allemaal samen gaan ze naar het huis van Agnese, die haar omhelst zonder iets te zeggen, en zij praten maar door totdat Rita en Fausto weggaan, tot morgen, slaap lekker en niet bang zijn. Ida treft warm water aan in de teil en ze kleedt zich uit en neemt een bad en het lijkt of ze er nooit meer uit wil, uit die teil en het warme water dat het vuil en de spanning van haar afspoelt.

Dan gaan ze eten, zij en Agnese, water en rapen, en in het begin weten ze niet wat ze moeten zeggen, dan begint Ida vragen te stellen over Betto en Gino en z'n moeder, en Agnese vertelt dat er 's ochtends een jonge vrouw was gekomen die op zoek was naar Betto, de moeder van Gino wilde niet opendoen, want ze had haar nog nooit gezien, en die vrouw had gezegd mevrouw die jongen die u in huis hebt is een spion, we moeten hem vinden, u moet hem aan ons uitleveren. De buurvrouw had gezegd hoezo, welke jongen, wat willen jullie, hier wonen alleen mijn zoon Gino en ik, ga weg. Daarna had iedereen dat ongeruste gevoel gehouden, wie was die vrouw en wat wist ze, en Betto kwam niet terug en 's middags was de buurvrouw de Via Casilina afgegaan tot aan de slagerij, bij de Porta Maggiore, om tegen Gino te zeggen mijn zoon er is een jonge vrouw gekomen, ze zegt dat Betto een spion is, en wat moet ik nou. Gino had gezegd ga naar huis, als ik vanavond thuiskom zien we wel verder. Terwijl Agnese het vertelt voelt ze zich wanhopig en ze zegt Ida, ik weet niet meer wat ik moet denken, de enige zekerheid is de angst. Ida is verbijsterd en zegt kom mee, kom mee we gaan het vragen.

De buurvrouw laat hen binnen en doet de deur dicht en ook de ramen zijn dicht en Gino zit aan tafel, hij zegt goedenavond en hij kijkt vooral naar Ida, die zich ongemakkelijk voelt en een paar tellen lang verdragen ze elkaars blik. Dan laat Gino de zijne omlaag zakken naar zijn lege bord terwijl de buurvrouw vraagt waar was jij toch je was nergens te vinden je hebt ons ongerust gemaakt. Ida geeft geen antwoord ze kijkt weer naar Gino die begint te vertellen over Betto, hij zegt dat het waar is, hij zegt dat die op een ochtend was betrapt door twee fascisten toen hij in de Via del Mandrione liep, en ze hadden gezegd we weten wel wie jij bent, en hij had uit angst dat ze hem ter plekke zouden fusilleren gezegd ik kan jullie helpen, ik weet dingen. Hij zegt dat Betto sinds een paar weken dingen die hij wist aan die twee doorvertelde, niet alles, maar wel dingen waardoor daarna drie van hun mensen waren gearresteerd, die waren naar de Via Tasso gebracht, ze waren zomaar in hun huis opgepakt, eentje nog met de pyjama aan.

Agnese wordt rood in haar gezicht en in een soort razernij begint ze te zeggen ik zei het toch, te zeggen maar snappen jullie dan niks, te schreeuwen bijna. En de buurvrouw huilt en zegt maar wat gaan ze nou met hem doen. Ze gaan hem vermoorden, zegt Ida met vaste stem. Ze draait zich om naar Gino en vraagt of ze hem al hebben gevonden, en Gino zegt nee, hij heeft zich goed verstopt, ze kunnen hem nergens vinden. En ze vraagt wie dat was, die jonge vrouw die hem was komen zoeken, en hoe die vrouw dat dan allemaal wist. Gino zegt dat zij iemand van de centrale GAP's is, en Agnese vraagt wat zijn dat, die GAP's, niemand reageert, Gino zegt ze noemen haar Lucia.

Ida herinnert zich haar, Lucia van de centrale GAP's, de Patriottische Actiegroepen, die heet in werkelijkheid Gioia de Pascalis. Een paar maanden geleden hebben ze elkaar ontmoet in een huis in het centrum, in een straatje achter de Piazza Navona, een huis dat niet van Lucia was en Ida wist niet van wie het dan wel was. Ze was op pad gegaan om papieren te gaan afleveren, in een tas vol schone, pasverstelde kleren. Zoals altijd wist ze haast niks, behalve wat ze eruit op kon maken omdat zij zelf degene was die ze op de machine overtikte, maar niemand had haar ooit iets uitgelegd, ooit iets verteld, hoe minder ze wist hoe beter, zeiden ze. Ze wist dat ze een jonge vrouw moest ontmoeten, bij de Neptunus van de fontein van Bernini, ze heette Silvia, en zij had gedacht ja tuurlijk, net zoals ik Maria heet, en de vrouw zou een deuntje fluiten, hun vaste deuntje.

Bij de Neptunus van Bernini stond wel iemand te fluiten, maar dat was een meisje van een jaar of twaalf, ze dacht dat ze zich vergist had, ze wist niet wat ze moest doen. Maar dat meisje was naar haar toe gekomen en had gevraagd Maria? En ze glimlachte en zei kom mee. Ida was haar gevolgd door onbekende steegjes, in de koude januarilucht, en de hemel was helder en cyclamen op de vensterbanken. Ze volgde de krullenbos van Silvia die bij elke stap deinde, en geen van tweeën zei iets. Voor de grote deur keek Silvia haar aan en weer glimlachte ze, en Ida was even verbluft, tegenover dat ernstige maar ook haast onbekommerde meisje, tegenover die enorme, indrukwekkende voordeur, de stad bezet door de Duitsers en de fascisten, de ondergrondse oorlog en alles.

Binnen een lichte, stijlvolle woonkamer, de haard aangestoken en op tafel wijn en chocolade, waardoor Ida het idee kreeg dat de oorlog daar nooit was doorgedrongen. Binnen was Silvia meteen verdwenen en in plaats daarvan werd Ida opgewacht door een mooie, kille vrouw, zo kwam ze op haar over, aan wie ze die papieren moest overhandigen en die haar een heleboel vragen had gesteld over het werk van de kameraden in Centocelle, maar Ida wist niet goed wat ze moest antwoorden, ik ben alleen maar een koerierster, mejuffrouw. Noem me geen mejuffrouw, ik ben kameraad Lucia. Ze had haar een glas wijn en een stuk chocolade aangeboden, die zij uit verlegenheid heel lang in haar hand had gehouden, voordat ze durfde te eten en te drinken.

Lucia had kort haar en de vreemdste kleren die Ida ooit had gezien, een zware jas die niet lang en niet kort was en daaronder een kiltrok en kniekousen en mannenschoenen, maar evengoed zag ze er heel elegant en mooi uit. En terwijl de chocolade een beetje smolt in haar handen had Ida beseft dat zij die vrouw, die kameraad of mejuffrouw, al eens eerder had ontmoet, en ze wist ook weer waar.

Met een lange bloemetjesjurk, geraffineerd en kil, zo was ze op haar overgekomen, voor de ijszaak Caffè Giolitti, samen met die ene jongen die ze nooit was vergeten. Ze was aan het wandelen met Agnese en Francesco op een zondagmiddag in oktober toen ze net in Rome was, en ze had een ijsje in de hand, chocoladesmaak waarschijnlijk. Voor de ijszaak glimlacht Francesco en loopt naar een meneer met een snor en een paar anderen die vast en zeker zijn vrouw en kinderen waren. Begroetingen en handdrukken en ver-

klaringen, leren kennen in Cagliari, jaren geleden, bij Francesco thuis zelfs, die toen een stuk jonger was en nog studeerde. Mijn vrouw Agnese, mijn nichtje Ida, ja ja, alweer meer dan twee jaar, bij het ministerie, bij het ministerie van Binnenlandse Zaken. Maar deze dame komt me niet bekend voor. Dit is mijn zus, en die jongen hier is onze neef Giaime, die is ook uit Cagliari hierheen gekomen op zijn zestiende, en dit zijn vriendinnen van hem, Gioia en Alma de Pascalis. *Bagadíusu*, denkt Ida, ze zijn dus broer en zus en allebei vrijgezel. Ida had naar ze gekeken, naar Giaime en de zussen Gioia en Alma de Pascalis, ze had naar haar ijsje gekeken, ze had niet ge-weten wat ze moest doen, het ijsje begon te smelten, ze likte eraan, en de gêne, en de verlegenheid, die drie mensen zo mooi en voor-naam. Francesco had gezegd neem het mijn nichtje Ida niet kwa-lijk, maar we hadden net een ijsje voor haar gekocht. Alsjeblieft, ga je gang, ga je gang liefje, zegt mevrouw de tante. Toen kreeg Ida echt een hekel aan Francesco, want hij voegde eraan toe zij is ook net aangekomen in Rome, weet u, uit het dorp, ze is pas elf, en Ida kon wel door de grond zakken, twaalf, ik ben twaalf en hou nu je mond. En ze had het idee dat Gioia en Alma lachten, en toen kreeg ze ook een hekel aan hen, zo mooi, elegant en verwaand.

Giaime keek haar recht aan en misschien zag hij haar gêne, hij glimlachte naar haar en pakte haar hand vast en hield hem omhoog, Ida voelde haar arm gloeien, en haar gezicht, en dat van hem was donker, zijn dikke lippen een beetje uit elkaar zodat ze zijn witte, rechte tanden zag, ze had het gevoel dat ze hem altijd al had gekend, ze had het gevoel dat ze eindeloos aan zijn hand wilde blijven vastzitten, voorbij de zee voorbij de jaren helemaal tot in China. Hij had gezegd je zult zien dat Rome mooi is jongedame, je zult er verliefd op worden. Die glimlach en die ogen, die haar even hadden begrepen, die had ze altijd met zich meegedragen, op elk moment dat Rome haar uitputte, haar vermorzelde, haar versloeg.

29

122   Ida kon zich niet inhouden en ze keek Lucia aan en zei heet jij soms
in het echt Gioia? De vrouw keek haar verbluft en argwanend aan,
en haar neusgaten werden een beetje groter, ze bestudeerde haar
en zei niks. Ida vertelde haar over die middag met het smeltende
ijsje, maar niet over haar indrukken en emoties. Ze vroeg dat ben jij
toch, nietwaar? Gioia kon zich dat olijfkleurige gezicht niet herinneren, ze wist heel zeker dat ze dat meisje nog nooit had gezien. Ida
dacht waarom heb ik eigenlijk iets gezegd tegen die vrouw, ik kan
maar beter meteen weggaan, ook al vond ze haar gezicht nu een
beetje minder onaardig en wat meer verdrietig. Maar ze wilde
graag weten waar die Giaime was, en hoe het kwam dat die jongedame bij het verzet was beland. Eerst met korte, bruuske zinnen,
en daarna langere, begonnen ze te praten. Van toen de oorlog nog
niet in Rome was, en Gioia de middagen doorbracht met kletsen op
sofa's, en Ida in de stoffige straten van haar wijk. Van toen ze, eerst
de een en toen de ander, erbij betrokken waren geraakt, die oktober
nog niet, ik nog niet, wij nog niet, toen leefden we alleen in de sa-
lons, de bioscopen en de theaters, had Gioia gezegd.

   Ze hadden gepraat terwijl de avond vorderde en er een witte,
bijna volle maan opklom aan de nog blauwe hemel, je kon hem
goed zien door het raam dat openstond om frisse lucht binnen te
laten. Gioia leek langzaam maar zeker steeds meer op haar gemak,

ze krabde aan haar arm en vertelde over zichzelf en haar vrienden van wij zijn geboren en getogen in een zwarte poel zonder dat we ons ooit realiseerden hoe kleverig die was. Ze vertelde van toen begonnen we de stank ervan te ruiken, de stroperigheid te voelen, ook aan onszelf, aan Rome. Op een gegeven moment, geleidelijk aan, realiseerden we ons dat er een soort, hoe moet ik het zeggen, kleine dingen waren, voorvallen en verhalen. Alessandra gearresteerd en gemarteld, vorig jaar mei al, Filippo gearresteerd, een jaar lang heeft hij vastgezeten en toen is hij meegenomen en gefusilleerd in de fosse, en ook Manfredi is meegenomen naar de fosse, ze hebben hem opgepakt toen hij naar buiten kwam uit de apotheek van zijn vader, in de buurt van de Via Rasella, en hij had nooit iets met politiek te maken gehad. Ze hebben ze allemaal naar de fosse gebracht, alle gevangenen en anderen die ze zomaar lukraak hadden opgepakt, want ze moesten per se dat specifieke aantal halen, driehonderdvijfendertig, voor die vervloekte represaille van ze. We hebben er nooit geloof aan gehecht, aan dat verhaal van als degenen die die bom hadden gegooid zichzelf hadden aangegeven, dat die wraakactie dan vermeden had kunnen worden. DIT BEVEL IS REEDS UITGEVOERD. Die mededeling van de Duitsers had Ida gelezen op de ochtend van 25 maart, opgeplakt aan de muur van de school, de hele wijk stond er te lezen en te beven. Dit bevel is reeds uitgevoerd, wat wil dat zeggen? ze hebben ze al opgepakt ze hebben ze al vermoord maar waar hebben ze ze dan opgepakt? Zij hadden er evenmin geloof aan gehecht.

En dan heb je de gebroeders D'Arcade, die altijd met ons mee naar zee gingen in Ligurië, die zijn gevlucht naar Zwitserland maar zonder hun moeder, die was net te laat. In het begin interesseerde het ons niet, Ida, het leek allemaal zo ver van ons bed. Wij praatten over literatuur en over film, over filosofie, ook. We geloof-

den wat er tegen ons gezegd werd, altijd en overal, we waren opgegroeid met die woorden, we trokken ze niet in twijfel. De woorden die zij besmeurden, omkeerden, infecteerden met de leugens
waarmee ze ons hebben opgevoed, het heeft een tijd geduurd voordat we dat begrepen, dat de woorden die hij gebruikte niet langer
woorden waren. We werden verliefd. We schreven elkaar ellenlange brieven. We voelden de oorlog niet eens, we volgden nog steeds
de mode en de theaterpremières. Het was belangrijk om te groeien
en te leren hoe je in de wereld moest staan, de oorlog was maar een
fase waarvan wij dachten dat die zou overwaaien als de wind. We
zagen het niet, Ida, we voelden het niet.

Ida herinnerde zich de glimlach van Giaime en de emotie die ze
had voelen opkomen bij het zien daarvan, ze keek Gioia aan, haar
stem klonk zwak, waren jullie verliefd? zijn jullie verliefd, jij en
Giaime? ben je zijn verloofde? Gioia keek naar de maan in de raam-
opening en Ida keek naar haar, wachtend op het antwoord maar
toen vroeg Gioia en jij, waarom ben jij bij het verzet gegaan? Maar
Ida wist niet wat ze moest antwoorden, ze wist niet wat ze moest
antwoorden want ze had altijd het idee gehad dat het de enige mo-
gelijkheid was. Nu de juiste woorden vinden, tegenover Gioia die
zo goed praatte, uitleggen dat de mensen om haar heen die ze vertrouwde nooit geloof hadden gehecht aan die uitspraken over het
geluk, over goed en kwaad, uitleggen wat haar meester haar tussen
de regels door duidelijk maakte, dat het leek alsof de werkelijkheid
werd omgedraaid, in hun mond, in zijn mond, 'de dwerg' noemde
de meester hem stiekem, de dwerg die de woorden jatte en ze be-
smeurde. Uitleggen dat haar antifascisme van nature kwam, uit
rechtvaardigheidsgevoel, uit solidariteit. Ze raakte het puntje van
haar neus aan met haar duim en wijsvinger bij elkaar, en ze schudde een beetje haar hoofd. Ik heb het idee dat er geen andere moge-
lijkheid was, Gioia.

Maar Giaime, je hebt me nog niet verteld over Giaime. Gioia wendde haar ogen niet af van de maan terwijl ze diep ademhaalde en zei Ida, Giaime is dood. Hij is in de lucht gevlogen door een mijn op de weg terug naar Rome, vanuit Napels.

Toen voelde Ida daar in dat onbekende huis een heftig verdriet opkomen, en ook ongefundeerd, besefte ze, maar die ogen en die glimlach, waardoor ze het gevoel had gekregen dat ze hem altijd al kende, de warmte langs haar arm, intelligent en aardig, alsof deze dode die niet de mijne is meer de mijne is dan alle anderen, en ik 125 kan er niet meer tegen, echt niet, tegen zoveel dood. Ze moest zachtjes huilen en ze keek naar Gioia die zich omdraaide, die op- stond, en misschien wel jaloers was vanwege die tranen die vloei- den voor haar dode, en ze zei, met barse stem, nu moet je gaan. Ze bracht haar naar de deur en voordat ze naar buiten ging ving Ida een glimp op van Silvia's krullenbos, en die kwam op haar over als een sprankje hoop.

30

126 Op het platteland is het vochtig om halfvijf 's nachts, die lichte vochtigheid van vlak voor de dageraad na een warme juninacht, net als bij haar thuis, toen ze klein was en Agnese haar wakker schudde en zei opstaan, het brood moet gebakken worden, en dan ging ze naar buiten om naar het toilet te gaan en liep ze onder de bomen van het erf, en dan voelde ze dat de zomer was gekomen.

Ida heeft nauwelijks geslapen, de eerste nacht weer in haar eigen bed, na die bange nachten in de grot. Ze heeft nauwelijks geslapen en wanneer ze het idee heeft dat de nacht bijna is afgelopen staat ze op en kleedt zich aan, pakt twee kannen en gaat op weg naar het kanaal. De wijk tussen de velden is nog in slaap, de vertrouwde weg komt haar lang en gevaarlijk voor, overal geluiden en donker, maar ook prachtig, in de dageraad die bijna aanbreekt, de geur van gras en aarde, verder weg lindebloesem en jasmijn.

Er komen beelden in haar op van wat ze heeft gedroomd tijdens de korte stukjes slaap, thuis in haar bed, met pijnlijke botten. Ze heeft gedroomd dat ze nog steeds in de grot was en dat het stroompje water dat uit de muur sijpelde een waterval was en dat zij eronder ging staan, en ze was naakt, en toen kwam Agnese eraan met Francesco en andere mensen, die ze niet kende, en ze besefte dat ze naakt was en ze wist niet wat ze moest doen, er was niets in de buurt om zich mee te bedekken en het water bleef maar krachtig en luidruchtig omlaag storten en Francesco lachte, minachtend had ze het idee, en zij keek naar haar borsten en ze kon wel huilen.

Ze was wakker geschrokken, en ze was bang geweest dat er hetzelfde was gebeurd als de derde nacht in de grot, toen ze na net zo'n akelige droom als deze, angstig met de ogen ietsje open, had gemerkt dat er een natte plek zat in de deken die op het puzzolaan lag uitgespreid. In bed plassen, dat was nu toch al lang geleden. Ze had gedacht dat het haar niet meer zou overkomen nu ze groot was, maar vroeger overkwam het haar wel geregeld, afhankelijk van de periode. Soms deed ze het in haar bed vlak voordat ze opstond, omdat ze droomde dat ze al was opgestaan, haar sjaal om had gedaan en naar buiten was gegaan naar het toilet. Soms midden in de nacht, terwijl ze droomde of juist niet. De laatste keer was ook tijdens een nacht in juni geweest, in haar meisjesbed, iets meer dan een maand voor haar twaalfde verjaardag. Het was toen haar vader en moeder al een week niet meer met haar hadden gepraat, na die ene dag, het geschreeuw, de klappen en de schaamte. Ze loopt langs het aquaduct, langs de vochtige akkers en denkt aan die keren, 's nachts vooral, in de eenzaamheid van haar gedachten en het donker, aan elke keer dat ze weer aan de meester moest denken. Dan gebeurde het dat ze alles herbeleefde. Ze herbeleefde, glimlachend en met haar buik in beroering, de liefde die was geweest, nieuw en veroordeeld vanaf het begin, en ze vertrok haar mond. De liefde, meester, eerst wist ik niet eens wat dat was, ik zocht er ook niet naar, ik wachtte er niet op. De liefde, meester, is gekomen met uw stem, uw lichte ogen en de woorden, ontzettend veel woorden, verlangens en dromen en verder helemaal niks.

Op de laatste schooldag van het jaar waarin Ida niet naar school was gegaan, het jaar van de lessen thuis die vervolgens waren stopgezet, van de blikken, van de dromen, op die laatste schooldag was ze haar jongere zussen van school gaan afhalen, om ze mee te nemen naar oma voor het middageten. Ze had Benedetta en Ines gekust onder de zon van één uur en hun wangen smaakten naar het lichte zweet van spelende meisjes aan het begin van de zomer. Toen ze overeind kwam had ze hem gezien en er was een glimlach in haar ogen gaan stralen die was gebleven terwijl hij eraan kwam, haar groette en zei ik loop een stukje met jullie mee, hij liep naast haar, toen nam hij afscheid van de kleintjes en haar gaf hij een kus op de wang terwijl hij zei veel geluk, Ida, en niet bang zijn, jij komt er wel. Een kus die iets had van onthutsing en een voorbode was van nog onbekende verwarde gevoelens, maar die tegelijkertijd smaakte naar iets wat voorbij is zonder dat het ooit heeft bestaan. De glimlach in haar ogen was evengoed gebleven gedurende het hele middagmaal bij oma Lucrezia, hij was gebleven totdat ze naar huis was gegaan en het getier van haar vader op straat te horen was.

Ze was even als verstijfd blijven staan, maar toen was ze meteen achter de meisjes aan gegaan die al naar binnen waren gerend, mama, had Ines gezegd, wat gebeurt er? Is het waar? had haar moeder aan haar gevraagd zodra zij binnenkwam. Natuurlijk is het waar, had haar vader geschreeuwd, waarom zou het niet waar zijn ik wist het ik wist het ik vermoord hem en jou vermoord ik ook kom hier wat denk jij wel heb je dan geen respect voor je vader en moeder wat wil je nou wil je ons dood hebben? Haar tranen waren als een stortbui losgebarsten, ze had niet eens meer kunnen vragen hoezo wat is waar? waar hebben jullie het over? ze wilde het niet geloven, ze kon het niet geloven, wat is er aan de hand, de hele buurt hoort ons, wat heb ik gedaan? Zo'n ouwe vent, heb je dan geen respect voor jezelf? Maar hij is alleen met me meegelopen tot aan oma, maar hij is gewoon mijn meester. Wat denk je nou, dat je niet door iedereen gezien bent? Doe je dat soms expres om ons voor schut te zetten?

Ze beleefde alles opnieuw, in sommige nachten, en dan moest ze altijd huilen, en er was nooit uitgelegd wat ze had misdaan, ze had nooit begrepen wat er nou eigenlijk zo verkeerd aan was, wat er zo verkeerd aan was om verliefd te worden op iemand, en dan ook nog eens een liefde, trouwens, die alleen maar in haar dromen bestond.

31

130   Ze loopt zwijgend terwijl de hemel minder donker wordt en de stemmen die ze dichterbij hoort komen doen haar even denken aan de middagen met Rita, daar bij het kanaal, en de andere kinderen uit de wijk, heel eventjes tot de oorlog haar weer te binnen schiet en de Duitsers en dan wordt ze bang en zegt bij zichzelf wat ben ik stom geweest, dat ik om deze tijd in mijn eentje naar buiten ben gegaan. Een van de stemmen blijkt van die ene jongen te zijn, die vriend van Antonio die ze in de grot heeft gezien, die met een dun snorretje als een jochie dat zich nog nooit geschoren heeft, en hij lijkt blij om haar te zien ook al heeft hij een gezicht, hij en zijn kameraden, een gezicht dat haar ze weet niet waarom de stuipen op het lijf jaagt. Hij zegt gauw een paar zinnen tegen haar terwijl de anderen zeggen kom op, wegwese, kom op, wegwese, hij zegt jij ben ook altijd waor je niet sijn mot, hij zegt gao naor huis en fertrouw niemand, hij zegt er sijn spionne ook onder de kameraode, gistere hebbe we d'r nog een te pakke gekrege die blijkbaor was begonne te praote met de fasiste, eentje die bang was geworre en hun dingen is gaon vertelle die hij wis, hij zegt kom, we sulle wel met je meelope. Ida vraagt wat hebben jullie met hem gedaan? Die jongen kijkt haar ernstig aan en maakt dat gebaar met zijn handen tegen elkaar alsof hij een pistool heeft, en Ida zegt niks meer en voor haar huis zegt ze hem gedag en gaat zachtjes naar binnen.

Agnese is al in de keuken ze vraagt waar zat je? Ida giet het water in de pan en Agnese zet het zwijgend op het vuur, zwijgend gaan ze aan tafel zitten bij een bord en twee stukken nogal hard brood, Ida denkend aan de manieren om dood te gaan, door de hand van de Duitsers of de fascisten of door de hand van de partizanen, denkend aan de gerechtigheid en aan een orde die de wereld nog steeds niet kan vinden.

En dan zegt ze Betto is vermoord, en daarop begint ze te huilen, en ze huilt samen met haar zus, in elkaars armen, iets wat ze nooit eerder gedaan hebben, samen huilen in elkaars armen, altijd een gevoel van fatsoen en waardigheid, dat nu is opgelost in de tranen waar geen eind aan komt. Ida moet denken aan de kleine Rocco en Franco die met zijn pantoffels over de vloer schuift en Mariuccia, die haar deed denken aan mevrouw Adele, en nu herinnert ze zich ook mevrouw Adele, hoelang heeft ze al niet meer aan haar gedacht, wie weet hoe het met haar gaat, of ze nog meer haren is kwijtgeraakt nu ook Marozzi dood is.

Maar in tegenstelling tot Mariuccia praatte mevrouw Adele heel weinig, in de vier maanden dat Ida bij haar thuis had gewerkt, een dag wel en dan twee dagen niet, afgelopen winter, om te poetsen, toen had ze haar maar een paar zinnen horen zeggen en ook nog heel zachtjes. Mevrouw Adele die weduwe was en kinderloos, en die hulp nodig had in de huishouding, en de haren van haar kruin verloor. De rantsoenering, de school gesloten, het leek een geschenk van God dat verzoek, dat haar was gedaan via Ercole, want bij hem in de drukkerij werkte ze maar twee dagen, en hij kon haar bijna nooit betalen.

Toen Francesco was omgekomen, in juli, toen ze hem hadden gevonden verpletterd door de bommen in San Lorenzo, toen hadden ze Agnese aangeraden om het niet te melden, zodat ze zijn pasje konden houden en nog steeds eten voor drie personen konden ontvangen, wat sowieso niet eens genoeg was voor één. Maar dat zag Agnese niet zitten, en daar was Ida trots op geweest, ze was blij geweest om die eerlijkheid, om dat respect. Mevrouw Adele was de zus van de vrouw van Marozzi, van de wasserette in de Via della Palombella, ze was begonnen de haren van haar kruin te verliezen toen haar man was gesneuveld, aan het front, ik heb niet eens zijn lijk kunnen zien, ik heb hem niet eens kunnen begraven. Ze woonde in een appartement in de Via del Governo Vecchio, donker en te groot voor haar, waar Ida het een beetje eng vond. Tegen Agnese zei Ida dat ze 's middags met de mevrouw at, zodat Agnese haar deel van het eten kon nemen, maar de mevrouw had haar nooit gevraagd om mee te eten, en dan ging zij op een bankje zitten, voor de kerk van Sant'Antonio, ze ging zitten lezen en probeerde niet aan de honger te denken.

Op een dag, eind april, een lichte zon, de blauweregen tegen het gebouw aan de overkant, was Antonio toevallig langsgekomen. Hij had haar daar aangetroffen, had haar toegelachen, had haar meegenomen naar een trattoria in de Via d'Ascanio, en dat was vast en zeker te danken aan de heilige met zijn naam. Ze was nog nooit in een trattoria geweest, Ida, ook al was het een volkse trattoria, ze had ook nog nooit die typisch Romeinse dingen gegeten, ze had zelfs een beetje wijn gedronken. Het leek wel of Antonio iedereen kende. Ze waren lachend naar buiten gegaan, alsof het feest was, en ze waren op de fiets naar huis gegaan, en die hele weg met hun gezichten dicht bij elkaar, laat me bij de tramhalte afstappen, want als ze ons zien, mijn god als Agnese me ziet. Met Antonio's gezicht dichtbij, zijn zwarte krullen en zijn ogen die op de weg gericht waren, en die lachten, en af en toe naar haar keken, met de zon op haar gezicht.

Toen ze was thuisgekomen had Agnese gezegd waar zat je toch? waarom ben je zo rood? wat zie je eruit! Ida was in de spiegel van de woonkamer gaan kijken en ze vond zichzelf juist mooi, met haar gezicht een beetje rood door de zon, en door de wijn, en door die liefde waar ze nog steeds niks van snapte. Ze deed zichzelf denken aan toen ze nog klein was, een jaar of negen, tien, en altijd buiten zodra de zon scheen, toen ze ervan genoot om de zonnestralen te voelen op haar gezicht, op haar armen, haar benen, en toen zeiden ze nog niet tegen haar dat het niet hoorde, om je huid donker te laten kleuren. Soms, in mei vooral, in juni, na het middageten, wanneer iedereen thuis lag te slapen, behalve Agnese en oma Peppina die aan het koken waren, en elkaar wie weet wat allemaal vertelden, ging Ida naar het erf achter het huis en in een hoekje, verscholen achter twee mirtestruiken, ging ze liggen en daar bleef ze dan, om de zon op haar lijf te voelen, en ze schoof haar rok een stukje omhoog, want ze hield van de warmte en die kleur die haar huid kreeg, ze vond het fijn, in de zon, een geroosterde olijf.

Wie weet of Antonio nog van me houdt.

32

134   Aan Mariuccia en Franco moet iemand het nu gaan vertellen, dat Betto dood is, de enige zoon die ze hadden. Ida denkt terug aan de keren dat ze naar hen toe is gegaan, en Rocco die wakker werd en het eerste wat hij deed was huilen, een klein huiltje dat hij had meegenomen terwijl hij uit bed kwam, en toen hij de keuken binnenkwam was het een beetje erger geworden bij het zien van Ida en Rita, en daarna ging het over toen zijn oma hem op de arm nam en tegen hem praatte en hem aaide, iets te eten voor hem maakte. Hij leek haar groot en flink, als een kindje van voor de oorlog. Ze vond hem prachtig, dat jochie, met zijn lichte haar en zijn grote, ronde gezicht, dat ineens opklaarde met een lach, en zijn gebabbel en vrolijke schitteringen in zijn ogen. Ida nam hem op schoot en moest denken aan haar jongere zusjes, aan toen die net zo klein waren en zij met haar zeven of acht jaar op hen paste, ze was niet veel ouder dan haar zusjes, en ze waren leuker dan de poppen die ze niet had. Ze bedacht ook hoe graag Agnese zo'n ochtend had willen hebben, tegen de baby praten en voor de baby zorgen, maar die was er niet gekomen.

    Wanneer de zon hoger klimt en de ochtend een eind op weg is gaat Agnese de deur uit om in de rij te gaan staan voor het brood en de rest, Ida jij kunt maar beter thuisblijven, ik wil niet meer dat je nog ergens in je eentje naartoe gaat. En Ida, met het zweet in de handen, voelt een woede opkomen waarvan ze niet weet waar hij begonnen is, in die wirwar van gedachten, van Antonio tot de Amerikanen die maar niet komen tot de nazi's tot de fascisten, tot haar vader en moeder, tot degenen die haar hadden gedwongen haar jonge jaren zo door te brengen, en het was niet eerlijk, de jaren die altijd de mooiste waren in de boeken die ze las, ze gaat bijna denken dat Agnese gelijk heeft, dat Francesco gelijk had, dat het juist de schuld is van de boeken die ze las, en van de kuren die ze daardoor in haar hoofd kreeg.

Ze denkt terug aan Micol en aan de zaterdagochtend dat die haar stond op te wachten voor schooltijd, bij het bakkertje, en haar overhaalde om niet naar school te gaan, en Rita kwaad en haast beledigd, ze waren samen door het centrum gaan wandelen, zij en Micol die haar van alles uitlegde over de monumenten en de kerken. De zaterdagochtenden, met dat uniform en het uren- lang gymnastieken, die was ze na verloop van tijd onverdraaglijk gaan vinden, de lerares gemeen en de meisjes van haar klas be- zweet, allemaal met een volmaakt lijf, had ze het idee, in die herfst en daarna de winter waarin zij niet eens wist hoe ze moest bewe- gen en lopen, en in de lente hun fluwelen armen, vergeleken met de hare vol haartjes erop. Maar jullie moeten mooi zijn, meiden, mooi om een serieuze, sterke jongeman te kunnen vinden die met je trouwt, mooi om ook mooie kinderen te kunnen krijgen, een ge- zond lichaam, want qua intellect komt een vrouw nou eenmaal een beetje tekort, dat weten we, maar wel een mooi lichaam, denk erom, mooi en stralend. Micol, die niet meedeed aan de Fascisti- sche Zaterdag, vroeg hoe ze daar in godsnaam tegen kon, en ze begonnen zich te kleden in rokken van toen haar moeder jong was, waardoor ze nog verder verwijderd leken van de andere meisjes in de klas, lelijker en ouderwetser, en daar waren ze trots op. Wat een scènes maakte Agnese altijd, vanwege die kleren, en Francesco bekeek haar afkeurend. Micol, vriendin van me, was je maar hier bij mij.

33

Na het middageten hoort Ida dat Agnese loopt te mompelen, alsof ze tegen zichzelf praat, ze kan er maar niet over uit, dat van Betto, over de dood van Betto, over het verraad van Betto, wat heeft-ie toch gedaan, wat hebben wij toch gedaan, stel dat ze ons vinden, stel dat hij ook over de buurvrouw heeft gepraat, over ons, hoe zal het met ons allemaal aflopen. Ze is de hele dag gespannen en kwaad, kwaad ook op Ida, later, de rest van de dag. De rest van die eindeloze zaterdag met alleen angst en zorgen in haar hoofd, en Ida ongemakkelijk zonder te weten wat ze moet doen.

Ida denkt terug aan die ene keer dat ze met Rita bij Mariuccia en Franco was geweest, waarna ze op de terugweg even waren langsgegaan bij de oma van Rita, die sinds 17 april, de dag waarop de mannen een voor een waren meegenomen, en ook haar man Vito, haar huis niet meer uit kwam. Het was een treurig, naargeestig bezoekje geweest, totaal anders dan die ene kerst, de eerste kerst dat het oorlog was, toen zij en Agnese daar bij hen waren gaan eten, om de feestdagen niet met z'n tweetjes te hoeven doorbrengen, want Francesco was vanaf begin december in Cagliari, in opdracht van het ministerie, en hij kwam pas na Driekoningen terug. Ida had de opa, Vito, heel aardig gevonden, aardiger dan de oma. Het was voor Ida een vreemde, mooie kerst geweest. Het feest bij een familie die niet de hare was, zij en Agnese zonder Francesco, de oorlog waarvan het leek vandaag denken we er niet aan, want het is Kerst-mis en Rome is helemaal wit van de sneeuw, en het is ongelooflijk. De vrolijkheid en de opwinding die hele ochtend, vanaf de dage-raad, vanaf dat Agnese haar opgetogen kwam wakker maken, er ligt sneeuw Ida, sta op gauw, sneeuw. Dat had Ida nog nooit ge-zien, sneeuw. De vlokken in het begin bijna gesmolten daarna steeds groter, steeds witter op alle dingen, steeds kalmer en stiller. Het verlangen om eraan te voelen met haar handen, erdoorheen te lopen en het in haar mond te stoppen. Nu zullen we onze lol wel op kunnen, had Agnese gezegd, met die kou en onze natte kle-ren, maar denk eens aan al die mensen in die hutten en op straat. De kerk van San Felice, op de ochtend van 25 december 1940, barst-te van de mensen en de tranen, gebeden en hoop, laat er snel een eind aan komen, aan deze oorlog, deze kou, deze honger, laat het wit dat de hemel ons heeft gezonden een teken van vrede zijn, had don Pietro gezegd vanaf het altaar, en Ida wilde er per se in gelo-ven.

Terwijl ze richting de Quadraro liepen, de grasvelden om hen heen wit en prachtig, liet ze de vlokken op haar gezicht vallen en in haar mond, en ze lachte, en ze begon te praten met het stemmetje dat ze altijd tegen haar kleine zusjes opzette om ze te vermaken, ze begon rechtstreeks tegen de witte vlokken te praten, ga door, kom maar omlaag, blijf liggen, smelt nog niet. Agnese, die de pan vol pasta met tomatensaus droeg, had zachtjes op haar gemopperd. Toen ze bij het huis van Rita's opa en oma aankwamen, waren An-nina en haar kleine neefjes en nichtjes bezig compacte witte ballen te maken waarmee ze naar elkaar gooiden, tegen hun versleten winterjasjes, en Ida had er ook eentje gemaakt, en die had ze naar Rita gegooid die in de deuropening verscheen, en die net zo uitge-laten was als zij.

Een vreemde Kerstmis, voor Ida en ook voor de anderen, met die sneeuw die alle dingen en zorgen een beetje het zwijgen oplegde, en die ook het feest had gered van de sombere gesprekken die onwillekeurig hun intrede hadden gedaan in het huis van Rita's familie: Ivano, Renata, Faustino en Annina, de opa en oma, de tantes Marina en Flora en hun kinderen. De gesprekken over de ooms, Piero en Sergio, die deze Kerstmis aan het front doorbrachten. En elke dag bedankte Ivano vanuit de grond van zijn hart de God waarin hij niet geloofde voor dat ongeluk op zijn werk waardoor het met zijn been nooit meer goed was gekomen en waardoor ze hem niet hadden gewild, in het leger. En dat zijn zoon nog te jong was. Renata had de laatste tijd het idee dat haar moeder haast beledigd en kwaad was, geen idee op wie, vanwege die schoonzoon die door de oorlog gespaard was terwijl haar eigen zoons wel waren genomen. De gesprekken over dat zo povere kerstmaal, nog minder dan op een vrijdag. Toen al moest alles met een distributiekaart worden gekocht, boter, olie, pasta en ook rijst, toen al was er van alles zo weinig, voor al die mensen. De gesprekken, aan tafel, die altijd antifascistisch waren. Ida hoorde voor het eerst dat er openlijk gevloekt werd op de Duce en de oorlog die hij had veroorzaakt. Ze luisterde goed en dacht stel dat Francesco hier was, en ze keek naar Agnese die haar mond hield en voortdurend naar het raam keek, of er niet toevallig iemand meeluisterde op straat.

Na het eten hadden ze geproost met een beetje zoete wijn waarvan ook de vrouwen hadden gedronken en de kinderen, die daarna meteen weer naar buiten waren gerend, opgekikkerd ook door de warmte van de wijn in hun lichaam, om weer in de sneeuw te gaan spelen, terwijl Ivano en Vito gingen klaarzitten om te kaarten en de vrouwen de tafel afruimden en de afwas deden. Ida en Rita daarentegen hadden per se een wandeling naar het centrum willen maken, ze wilden Rome helemaal wit zien, het Pantheon en het Colosseum, alsjeblieft alsjeblieft alsjeblieft. Maar eenmaal in het centrum stelde de sneeuw eigenlijk niet zoveel voor, modderige hoopjes aan de straatkant die allang vertrapt waren door de voeten van vele mensen die naar de kerk waren gegaan en daarna gingen eten bij de familie, door paardenhoeven, hondenpoten. Het Colosseum zag er bijna hetzelfde uit als anders, en hun voeten raakten onherroepelijk doorweekt.

Ze waren bijna huppelend teruggekeerd naar Centocelle, het donker dat kwam aanzetten vanaf de heuvels van Tivoli, met lachende gezichten en rode wangen als kleine meisjes, terwijl ze tegen iedereen op straat zeiden zalig Kerstmis en de beste wensen en jullie ook zalig Kerstmis. Die nacht had Ida koorts gekregen, waardoor ze eerst gloeide van het zweet en de hitte, en daarna juist weer rilde van de kou, maar ze had het niet laten merken aan Agnese om haar niet te horen zeggen ik had het je toch gezegd.

Vito was uiteindelijk, vier jaar later, weggevoerd door de Duitsers, uit zijn huis in de Quadraro, op die dag van de razzia, ook al was hij oud en slecht ter been, en had hij zijn ochtendjas nog aan. De ochtend was om vijf uur begonnen met het zware, doodse geluid van de voetstappen, dat niemand ooit meer is vergeten, waarbij de moeders de namen van hun zoons krijsten en niemand het huis uit mocht, wie naar buiten komt schieten we neer. De stemmen van radeloze moeders die allemaal hetzelfde klinken. Oma was alleen achtergebleven en elke dag gingen de schoondochters naar haar toe, de vrouwen van Piero en Sergio, haar zoons, die Ivano's beste vrienden waren geweest en die nooit waren teruggekomen uit de oorlog. Zij, Marina en Flora, de vrouwen van Piero en Sergio, waren begonnen de tram te besturen, zoals hun mannen voor de oorlog hadden gedaan, ook al verdienden ze minder, en Marina hoopte nog steeds dat hij op een dag zou terugkomen, haar man, want vermist was nog niet hetzelfde als dood.

34

Agnese dommelt langzaam maar zeker in alsof ze in geen maanden geslapen heeft, al huilend, en het voelt voor Ida als de langste middag van de wereld. Ze denkt weer aan de feestdagen van toen ze klein was, de opwinding van de voorpret en de droefheid na afloop, wanneer alles weer voorbij was, die verscheurde haar vanbinnen als vlees dat aan reepjes wordt gesneden om *straccetti* te maken. Van Kerstmis en Pasen vond ze Pasen altijd het leukst, want daarbij had je ook de blijdschap omdat de winter voorbij was, en geurige bloemen die ze vervlochten met de bewerkte palmtakken voor palmzondag.

Vijf jaar geleden, toen ze terugkwamen van de mis, was Francesco rechtstreeks naar de Via dei Castani gegaan om een vermout te drinken en had Agnese aan Ida gevraagd *das fadéusu is pràmmasa*? Ida had eigenlijk zin om met Rita te gaan wandelen, maar Agneses voorstel om naar huis te gaan, met de maartse wolkenlucht buiten, om palmtakken te maken voor de volgende zondag wanneer don Pietro ze samen met de olijftakken zou zegenen op het kerkplein, en zij haar nieuwe, dunnere rok zou aantrekken, had haar zo'n euforisch gevoel bezorgd dat ze gewoon niet kon wachten om ermee te beginnen. Van de palmen namen ze de middelste bladeren, die het felst groen waren, en die draaiden ze om elkaar tot ze spiralen, vlechten en kussentjes vormden. Palmtakken maken was altijd een feest geweest, Ida was er het beste in van alle zussen, dat zei oma Peppina stiekem tegen haar, en die was er pas echt goed in, want zelfs meneer pastoor vroeg haar om de zijne te maken, de hoogste van allemaal. En tussen die spiralen en vlechten staken ze fresia's in verschillende kleuren, maar ieder jaar exact dezelfde geur, de geur van Pasen en lente. In Rome namen de mensen olijftakken mee om ze te laten zegenen, had Agnese haar verteld, die het jaar ervoor ook alleen maar een olijftak had meegenomen, maar naderhand had ze het zo jammer gevonden, het hele jaar heb ik hem gemist, Ida, de gezegende palmtak die hangt te drogen aan de muur. Dit jaar heeft oom Nando ze voor me meegebracht, en we maken er ook eentje voor hen, want zijn vrouw kan het niet met die kwaal die ze aan haar handen heeft, en hun dochter weet niet hoe het moet, die is hier geboren, arm kind, en we maken er ook een voor don Pietro, maar misschien niet zo'n grote als die palmtakken die oma Peppina voor don Bastiano vlocht, en dan eentje voor de buurvrouw, en eentje voor ons.

Maar later, toen ze de palmtakken aan het vlechten waren, met de tikkende snavel van het kippetje in de wekker op het dressoir, de wolken buiten, de kou en de regen, waren ze allebei langzaam maar zeker bevangen door een soort droefheid, een soort weemoed. Het huis leeg en zonder stemmen, zonder woorden tussen hen tweeën omdat ze elkaar al maanden niet begrepen. Agnese was opgestaan en had de pan met water op het vuur gezet, als er een baby was zou het niet zo stil zijn, het is zo stil omdat er geen baby is, de baby zou huilen en daarna zou hij leren praten en wij zouden een heleboel te zeggen hebben omdat we het over hem hadden, Francesco zou weer lief zijn tegen mij, en Ida zou meer te doen hebben en zou minder rondhangen en niet zoveel kuren hebben. Heilige Maria waarom geef je me geen baby? Ida was opgehouden en had in haar ogen gewreven, ze had gezegd zullen we ze straks afmaken? Ze was opgestaan om haar zus te helpen, ze wachtte tot het vijf uur was, wanneer ze op bezoek zouden gaan bij de familie van oom Nando om de palmtak te brengen, en onderweg zouden ze langs het huis van Antonio komen, Maria alsjeblieft zorg dat ik hem op z'n minst heel eventjes te zien krijg.

Ze vroeg het elke nacht aan Maria, Heilige Maagd en Moeder die haar geheimen en haar dromen kende, sinds thuis de hel was losgebroken vanwege Antonio en de trattoria in de Piazza dei Mirti, die zomer toen ze met elkaar omgingen. De tweede hel die door haar was losgebroken sinds ze een vrouw was, al was ze eigenlijk nog maar een meisje. Maar deze was minder hevig, had ze het idee, omdat ze nu meer trots had, omdat Francesco en Agnese niet haar ouders waren, en misschien omdat ze haar uiteindelijk hadden geloofd, dat ze daar per toeval was, dat ze niet wist wie die mensen waren, welke partizanen, en Antonio nee, hoezo, die ken ik amper. Misschien hadden ze haar geloofd, hoe dan ook waren er geen straffen gevolgd en ook geen heftige scènes, er was alleen een soort mist tussen hen komen te hangen, dun maar ondoordringbaar. Maar voorlopig, had ze besloten, konden ze elkaar maar beter niet zien, als ze erachter komen maken ze me echt af, of ze sturen me terug naar huis. Daar dreigde Francesco haar altijd mee, ik stuur je terug naar huis, ze haatte hem wanneer hij haar daarmee dreigde, het was verschrikkelijk, dat dreigement, uitgesproken door je zwager die je onderdak verschaft in zijn huis, uitgesproken ondanks het feit dat zijn vrouw je zus is, maar die vrouw zegt niks, bij zo'n gelegenheid, die kijkt Ida zachtmoedig aan, je ziet dat ze het niet fijn vindt, die woorden uitgesproken door haar man, maar ze zegt niks, en dan haatte Ida haar ook een beetje. Daarna was alles veranderd, toen Francesco was omgekomen, er ging een jaar voorbij, en de oorlog leek haast te zijn afgelopen, maar toen kwam die juist hun huis binnen.

146 Bij Rita thuis, diezelfde ochtend van 3 juni, zaterdag, ligt Faustino na het middageten in de fauteuil te slapen en Rita denkt bij het raam aan de maanden die zullen komen en die zonder oorlog zullen zijn. Ze hoort het zachte gesnurk van haar broer, ocharm, denkt ze, hij is veertien jaar en vijf daarvan waren vol honger en angst, en allemaal in dit zwarte water dat ons omgeeft. Renata naar de Quadraro om een paar uur met haar moeder door te brengen, en Ivano, inmiddels zijn ze het gewend om zonder Ivano te zijn, ook al mist Rita hem soms verschrikkelijk, haar vader, niet dat ze bang is, het lijkt haar onmogelijk dat hem iets zou kunnen overkomen, maar ze mist het om hem bij hen aan tafel te hebben, om zijn krachtige stem en zijn goede raad te horen.

Annina zit aan de keukentafel te tekenen en haar gezicht heeft weer kleur gekregen en ze is er zo te zien echt een stuk beter aan toe, Rita geeft haar een kus en zegt dat ze rustig moet wachten, zo meteen wordt Fausto wel wakker, en dat zij de vuile was naar het kanaal gaat brengen, de lakens en het nachthemd van toen Annina ziek was, en ze weet dat ze nooit schoon genoeg zullen worden, met het vieze water en dat beetje zeep, maar ze weet dat het wel noodzakelijk is om de kleine echt beter te laten worden. Bij het kanaal begint ze zachtjes te zingen, *amore amore amore amore mio, il cielo luminoso e i fiori tutt'intorno, in braccio a te me scordo ogni dolore*, 'me liefste, me liefste, me liefste, de heldere hemel en al die bloeme so fijn, in jouw arme furgeet ik alle pijn', op haar armen voelt het water koel en fijn, *vojo resta' co' te sinno me moro*, 'ik wil bij jou blijfe anders ga ik dood'. En wanneer zal ik eens verliefd worden, wanneer zal ik een jongen vinden om een gezin mee te stichten, misschien Aldo, met die lippen, als hij naar me zou kijken, als hij ooit naar me had gekeken, als hij niet te jong was voor mij.

Op de terugweg loopt ze een stukje om en gaat ze langs het huis van Ida. Ze overweegt even langs te gaan maar het ziet eruit alsof alles dicht is, misschien liggen ze nog te rusten. Op straat alleen vrouwen en kleine kinderen.

Wanneer ze de Via dei Castani in loopt ziet ze aan het eind allemaal mensen, een groepje, ze hoort kreten. Instinctief gaat Rita langzamer lopen, en ze probeert beter te kijken, ze hoort vooral vrouwenstemmen maar ook, heeft ze het idee, een mannenstem, of twee, en langzaam komt ze dichterbij en dan hoort ze het beter, en die mannen, zeker weten, dat zijn Duitsers, en ze ziet ook de uniformen. Ze hoort ze schreeuwen, die klanken die alleen maar angst en verdriet brengen, de haartjes staan recht overeind op haar armen, wat is er aan de hand, de Duitsers, en weer schreeuwen ze, ook de vrouwen, het zijn nog maar jongens, heeft ze het idee, en als ze de schoten hoort blokkeren haar voeten, alsof ze worden vastgezogen door de straat. Het gekrijs neemt toe en er komen andere vrouwen aan die rennend de trappen af zijn gekomen en Rita begint ook te rennen en een kreet een kreet harder dan de andere en langer, en dat lijkt wel de stem van haar moeder. Ze rent ernaartoe en ze omhelst haar van achteren, terwijl ze komt aanrennen ziet ze het meteen, het lichaam van Faustino languit op de grond.

Bloed aan de buik, uit de neus. De ogen omhooggericht, de dode ogen van Faustino. De twee Duitsers ziet ze niet, ook maar twee jongens, net ietsje ouder, die er vlug vandoor gaan en tegen de vrouwen aan botsen, sommige proberen hen tegen te houden, maar zij rennen, en ze rennen naar de Via Tor de' Schiavi, en ze vallen, zij ook, een met het gezicht plat omlaag, de andere rollend. Twee schoten vanaf een hoek tussen de twee gebouwen, nauwkeurig. Bloed aan de buik, uit de neus. Ze weet niet dat haar vader Ivano door een raam vanaf een vliering alles ziet, samen met Gino, en naar beneden komt, en erachteraan gaat, en schiet. Rita omhelst haar moeder, terwijl die probeert de jongen tegen zich aan te klemmen, de jongen die dood is, Faustino, veertien jaar, net nu, nu de oorlog voorbij is, Faustino. Ik kan het niet opbrengen om je aan te raken, broer van me, om naar je te kijken, dood, broertje van me. Ze hoort de vrouwen krijsen maar zonder naar ze te luisteren, Rena', wat 'n draoma, Rena', die jonge, wat moeste die twee hier eigelijk, se ware de weg kwijt, se waren duidelijk de weg kwijt, Fausto wou de held spele, ocharm, want se fader wou 'm d'r nie bij hebbe in 't furset omdat-ie nog so jong was, hij wou ook wat doen, die twee Duitsers, se kwame so langslope, ocharm, hoe kwam-tie daor toch bij, Rena', wat 'n draoma. Toen zag ze de handen van een buurvrouw die Anna optilden, seg wat doet die kleine hier, Annina, niet kijken, niet kijken naar je broer die vermoord is, dat ontbrak er nog maar aan. Gebloemde hoofddoeken, handen in de wind zag Rita, we moeten hem optillen, wassen, begraven, en misschien ook dankzeggen, dat we hem in elk geval hier bij ons hebben, en niet daar in die fosse met al die lichamen boven op elkaar. Of de moeders van die twee Duitsers, die zullen wachten en wachten, maar vergeefs.

36

Ida en Agnese zijn net als de rest van de wijk de hele avond bij Rita thuis, het lichaam van Faustino op het bed, Annina verstomd vastgeklampt aan Renata, die zit ingeklemd tussen haar schoonzussen en alleen maar zegt niet Fausto niet Fausto niet Fausto. Iemand is Ivano gaan waarschuwen, maar ze hebben hem niet gevonden. Er zijn geen grenzen aan het verdriet, denkt Ida, er komt geen einde aan, Faustino, en ik heb het gevoel dat ik geen tranen meer heb, ze heeft het gevoel dat het verdriet een dekenkist van donker hout is die zo vol zit dat hij niet meer dicht kan.

Die nacht kunnen ze geen van beiden de slaap vatten en wanneer ze de volgende ochtend, zondag 4 juni, het licht dat binnenkomt door het raam, kreten horen op straat, dan zijn Ida en Agnese bang, alweer bang. Agnese, de buurvrouw roept vanaf de straat, ze zijn gekomen Agnese ze hebben ons bevrijd Agnese kom naar buiten. Ze gaan de straat op, bijna rennend, Agnese de handen in het haar. Mijn god van wie heb je dat gehoord hoe weet je dat god ik kan het niet geloven en waar zijn die Amerikanen dan? Ze zijn in de Via Prenestina, Agnese, ze zijn overal, de Duitsers slaan op de vlucht, ze gaan terug naar huis.

Ze blijven daar staan praten, voor de deur, de zon die omhoogklimt en op hun hoofd begint te branden, zal het waar zijn zal het niet waar zijn, wat doen we waar gaan we naartoe. Er komen andere buurvrouwen, we gaan ze zoeken, sommige gaan weer naar binnen, Ida en Agnese voelen een blijdschap en weten niet goed of ze die kunnen vertrouwen, en die zachte kalmte van de ochtend, de heuvels van Tivoli op de achtergrond, en Rome zo mooi. Agnese zegt ik ga en Ida blijft roerloos voor het huis staan zonder te weten wat ze moet doen. Mijn huis, denkt Ida ineens, hoeveel jaren al, en als deze oorlog nu echt afgelopen is plant ik een mimosa achter het hek.

Het huis in de Via dei Pioppi, ineens herinnert ze zich hoe ze soms, die eerste tijd, boven op een heuveltje ging zitten met achter haar de lage zon van vier uur, en naar dat huis zat te kijken. Links nog drie huizen, gescheiden door de moestuintjes en bloemperkjes, tot aan de Via dei Castani. Rechts geen huis meer, velden tot aan het kanaal. Een eenzame amandelboom die eind oktober in één middag kaal werd. Bij het middageten had Agnese een granaatappel gepeld, met dat trage ritueel van inkervingen met het mes om partjes met pitjes te maken die haar moeder 'haantjes' noemde, de pitjes waren van een verschoten rood en er zat een wit zaadje in, ze waren zo groot dat je ze niet kon eten. Blijkbaar zijn de granaatappels hier dus zo. Thuis, in haar dorp, hadden ze drie bomen die zo vol hingen dat hun moeder er hele kisten mee vulde wanneer de vruchten op barsten stonden en dus rijp waren, en voordat ze zouden worden opgegeten door de vogels of de ratten. De pitjes waren bloedrood en er zaten bijna geen zaadjes in, en Ida gaf er altijd een paar aan de kippen. De haan pikte ze zo uit haar hand op als ze hem op haar schouder zette. Ze voelde een weemoed die ze niet kon benoemen, en die haar plotseling overviel.

Op sommige winterdagen, in Centocelle, als ze haar aan het eind van de dag om een boodschap stuurden, omdat er bijvoorbeeld iets op was, de steenkool, of omdat ze waren vergeten melk te kopen, dan was het om vijf uur 's middags al donker en vond ze het eng om door die straten te lopen, en legde ze uiteindelijk bijna de hele weg rennend af, voortdurend achteromkijkend, vanwege de monsters en spoken en geesten die konden opduiken, en dan voelde die eenzame amandelboom daar achter haar huis als een geruststelling en als het idee ik ben er, ik heb het gered.

Ida ziet iedereen de straat op komen en in de richting lopen van de Via Prenestina, en ze kan niet meer wachten en begint ook te lopen, ongelovig en versuft, en dan daar heb je ze, die Amerikaanse soldaten, ook zij blond, maar met aardige stemmen, uitbundig, en andere soldaten die wie weet waar vandaan komen, de uniformen en de gezichten onderling verschillend, maar allemaal gooien ze kleurige pakketjes naar de kinderen om hen heen, sommige spelen muziek, er is echt een feest ontstaan, plotseling, bij het opkomen van de zon. Ze loopt tussen het stof en de mensen en ze blijft staan om te groeten, zich te laten omhelzen, oom Nando met zijn vrouw, verbluft en uitgelaten, don Pietro, don Pietro omhelst haar stevig, we hebben het gered, Ida, het is echt voorbij, en ze denkt aan Rita, die niet naar buiten is gekomen om feest te vieren, aan Rita, Renata en Annina in huis opgesloten met hun verdriet, en aan Ivano, van wie ze niet eens weten of hij het al weet, dat zijn Faustino dood is. Ze denkt aan haar moeder, haar vader en haar zussen, ze krijgt zin om naar huis te gaan en een brief te schrijven, en ze kijkt om zich heen om Agnese te zoeken. Ze denkt aan Micol, vriendin, waar ben je? Nu kun je terugkomen. En ze denkt weer aan Rita, die niet is gekomen om met de Amerikaanse soldaten te praten, om ze te vragen waarom ze er zo lang over hebben gedaan voor ze hier waren, waarom niet een dag eerder, gistermiddag zat Faustino nog met me te eten, daarna viel hij in slaap in de fauteuil. Ze ziet Agnese met de moeder van Gino en Gino, met z'n geweer om de schouder, en ze staan druk te praten en met hun armen te bewegen, Agnese huilt misschien. En ze gaat naar hen toe, en ze vangt wat zinnen op die ze tegen elkaar zeggen, Betto, ze hebben het over Betto, en zij moet denken aan hoe ze met hem kon lachen, en Rocco en Mariuccia en Franco, en ze denkt aan de oorlog die voorbij is maar de doden die er zijn overgebleven. Ze wordt er moedeloos van, van de gedachte aan de dagen die zullen komen, en ze zullen opnieuw moeten beginnen, maar niemand weet waar.

Dan draait ze zich om en ziet ze Antonio, zijn zwarte krullen, hij klimt lachend op een Amerikaanse tank. Haar benen trillen en ze kijkt naar hem tot hij het in de gaten heeft, ze meent te zien dat zijn glimlach even uitdooft, dan springt hij eraf, en komt naar haar toe.

Ik ga trouwen, zegt hij tussen het stof van de Via Prenestina, met een hemel zo mooi, de hele wijk om hen heen, het gezang, je zou het gewoon even vergeten, die oorlog die er was geweest, de doden, en al het andere. Hij zegt ik ga trouwen, heel plotseling, en hij is zenuwachtig en bezweet en als zij nog dichterbij wil komen verandert zijn gezicht. Dan vraagt Ida wat is er? Ik ga trouwen, zegt hij weer, en zij glimlacht zonder het te beseffen, ze begint te stralen, wil je met me trouwen, verstaat ze, zonder vraagteken, en maar goed dat de blijdschap haar even verdooft, en dat ze niet een ongevraagd antwoord geeft, ik ga trouwen, zegt Antonio, en zij glimlacht, en hij denkt wat is ze toch aardig, Ida, maar hij is ook wel een beetje teleurgesteld dat ze geen blijk geeft van jaloezie en van verdriet, hij herhaalt ik ga trouwen, met Rosa Saracino.

Verdriet misschien niet, dat was niet waar Antonio naar op zoek was, want uiteindelijk mag hij haar graag. Maar het is juist vooral verdriet waardoor Ida totaal overrompeld wordt, als een reis waarop alles verkeerd gaat, en het einde maar niet in zicht komt. Vlak nadat hij weer heeft gezegd ik ga trouwen, en hij eraan heeft toegevoegd met Rosa Saracino, voelt Ida vooral verbijstering. Haar gezicht roerloos, alleen haar neusgaten worden wijder wanneer ze ademhaalt.

Wat zeg je Antonio? Maar wij hebben toch verkering. Wij hebben geen verkering Ida, dat heb ik nooit tegen je gezegd. Maar jij kwam naar me toe, Antonio, jij wachtte me op bij de tramhalte, ook toen ik niet met je praatte, jij zei dat je verdrinkt in mijn ogen, dat je je zo goed voelt bij mij, dat je wilt weten wat ik denk, je zei ik kan jou niet aankijken want jouw ogen betoveren me, dat zei jij tegen me, het was een grapje, maar je zei het wel, je zei ons kind, ons kind zal zwart haar hebben net als jij en krullen net als ik, dat zei je, je lachte, maar je zei het wel, je zei als we oud zijn denken we terug aan deze fiets en die zal ons herinneren aan deze middagen, je zei onze kinderen zullen in een vrij land leven, je zei we strijden voor hen. Als het niet de onze waren, van wie dan?

Of misschien komt Ida niet verder dan maar jij, en blijft de rest steken in een of ander hoekje van haar darmen.

Ze laat haar hoofd zakken en draait zich om, en misschien praat Antonio nog door, ze draait zich om en loopt weg. Ze loopt door de Via delle Betulle en overal zijn mensen die praten die lachen, allemaal op straat, niemand groet haar, ziet haar, zij ziet niemand, ze loopt maar, naar de Via Casilina, en daarna, ze loopt maar, stof in haar ogen, ze loopt maar, terug over de Via del Mandrione, de geur van de lindebloesem heeft het overweldigende van verrotting. Het huilen heeft iets vertrouwds en ongekends, snikken, huilen met snikken, zo hard, met zoveel tranen dat je niks meer ziet, hoe oud ben je eigenlijk? Heb je dan niet genoeg akelige dingen gezien om zo hard te moeten huilen om iets als dit? Iets als wat? Dit, dat er een speciale jongen was, iemand van wie je hield omdat er geen ander was zoals hij, met wie je samen de tijd wilde doorbrengen, van wie het leek, echt leek dat hij ook van jou hield. Hij zei dingen tegen je, hij gaf je het gevoel dat jij ook speciaal was, iets wat schitterde in zijn ogen. Nu gaat hij trouwen, zegt hij, en niet met jou. Dat is alles.

De geur van de lindebloesem is zo sterk en zoet dat ze bijna moet overgeven. Zo hard huilen, had ze gedacht, om niets anders ter wereld behalve de doden, de rouw, de ingestorte huizen, de verdwenen vriendinnen, nog meer doden, nog meer verdriet, en nu ook nog Faustino. Maar Antonio die zegt ik ga trouwen, ik ga trouwen met Rosa Saracino, ik ga trouwen en niet met jou, dat voelde ook als een soort rouw, hetzelfde gevoel van leegte en verlating. Bij een kruispunt weet ze niet welke kant ze op moet. Ze heeft de straten van Rome leren kennen, de afgelopen jaren, zo goed dat ze het nog steeds niet kan geloven, maar toch beseft ze af en toe tot haar eigen verbazing nog dat ze is verdwaald, dat ze zich niet meer kan oriënteren. Ze denkt langs deze kant ga ik terug. Langs deze kant waarschijnlijk ook, misschien alleen via een langere weg. Ze denkt verdwaal maar. Ze denkt misschien hangen er nog Duitsers rond. Ze blijft lopen, op haar hoofd brandt fel de zon.

Dankwoord

Dank aan mijn vriendinnen en aan mijn vrienden, aan hen die mijn dagen met mij delen en aan hen die mijn vroegere dagen met me hebben gedeeld, en dank aan Elisa.

Dank aan de steden die me hebben ontvangen en aan mijn eiland, dat dat altijd zal blijven doen. Aan de honden die me hebben getroost en opgevrolijkt, en aan een enkele kat.

Dank vooral aan mijn ouders, Aurelio en Raffaela, en aan mijn broer Flavio.

Dank aan al die mensen die hebben willen vertellen over het verzet en wier inspanningen de basis hebben gevormd van deze roman, en vooral dank aan hen die het hebben geboden, en aan hen die het nog steeds elke dag bieden.